TianLiang シリーズ⑲

畢生独語

HISSEI DOKUGO

萩野 脩二

SHUJI HAGINO

三恵社

まえがき

この本には、2018年12月5日から2019年12月7日までの、私のブログ及びフェイスブックに書いたものを集めた。

私のこれまで及びこれからをツラツラ考えてみると、すなわちこの一生は、独り言を発していたに過ぎないことがわかる。ほとんどが病気や失意の嘆きである。意見ではなく、自覚的な意義を持たない、野放図に発した嘆息の連続だとも言える。それ故、畢生独語（ひっせい・どくご）と名付けた。

私とて、世間と切り結ぶような質的に高度な意見を吐きたい。それでこそインテリとしての役目ではないか。今の世には頭にくる理不尽なことが多すぎるほどある。でも、大学紛争でインテリの脆弱さを身に染みて知ってからは、私は思考としてはアンチインテリとして身を処してきた。主義や政治から身を引くことを心してきたのだ。実践を伴わない安易な意見に浮かれないことを目指してきたつもりである。とはいえ、知的刺激のない言葉には、自分でも物足りなく思う時もあるが、だからこそ、ここまでオメオメと生きてこられたのだという思いもある。

そんな私の儚い世迷言を、この世には読んでくださる方もいる。1人でもいる私の読者に感謝を込めて、恥ずかしながら独語（ひとりごと）をまとめ、残しておこう。

2019年12月24日

萩野脩二

目　次

ブログ「Munch3」のアドレス：
http://53925125.at.webry.info/

・facebook

(2018.12.05)

配慮の行き届いた贈り物

今日５日、不在届けによって夜になって受け取ったのは、思いもかけない人からの贈り物であった。中身は、無塩パン、無塩そば、それに食塩無添加の梅干しであった。私の体のことを気遣って、このように無塩のものを贈ってくださったのだ。感謝感激である。

贈り主は、雪雁さんだ。なぜだ？という疑問がすぐ湧いた。だって何も特別にお世話掛けたわけでもないし、ご厄介になったわけでもない。日本の習慣であれば、今年１年間お世話になった方に「お歳暮」として贈るのであれば、それならばわかる。きっと配慮の行き届いた雪雁さんのことだから、「なに、たまたま気づいた店だったから、買って送ったまでのことですよ」と言うに違いない。

礼は往来を以て尊しとすると言うではないか（＝礼尚往来）。私としてはどうしても返礼をしなければ落ち着かないのだが、そういう私の気持ちを察したか、早くも「私はしばらく留守にするから、何も送らないで下さい」と言ってきた。何とも至れり尽くせりのやり方ではないか。こんな風のやり方を評して「办得漂亮」というのだろう。雪雁さんに聞いてみたいものだ。

・墓参り

(2018.12.08)

私は自分の親の墓参りだってあまりしたことがない。特に理由はない。ただ面倒だからだ。今日８日、やっと竹内実先生のお墓を見参うことが出来た。

私がこのところ通っている接骨院が真如堂の方向にある。治療が終わった後、うまい具合に晴れ間が出たので、思い切って真如堂に向かった。

私は気軽に考えていて、先生のお墓などすぐわかると思っていたが、なんと真如堂の横にある墓地に入ると、墓がたくさんあって、どれが先生の墓であったかわからなくなってしまった。やむなく上の方から下ることにした。確か京都市が良く見えるから選んだというエピソードを伺った記憶があったからだ。上から順にそれらしき墓の名前を見ながら下った。ふと見ると、周りはお墓だらけで、なんとなく薄気味悪く感じた。折から黒い雲が張り出し太陽も隠れてしまった。寒い風が吹き、卒塔婆をカタカタと震わせるではないか。

幸い何巡目かの後、真新しいと言ってよい「竹内家之墓」に巡り合えた。竹内暁野さんの樒があったので、間違いなく昨年の12月３日に納骨したお墓である。
墓参りと言っても、私はお花１つ、お線香１つ捧げるでもなく、ただ拝むだけだった。樒を用意したり、香を焚いたり、お水を掛けたりするのは親族がやることだろう。私はただ先生に可愛がってもらっただけなのだ。先生の志を継ぐような良い弟子でもなかった。振り向いて京都市街でも見ようとしたら、なんとお墓ばかりで遠望などできはしなかった。まぁ、たとえ拝むだけであっても、墓の前にたたずんで先生の遺徳を偲ぶことが出来た。歩いてここまで来れただけでも、私には素晴らしいことであった。シーズンが過ぎて紅葉もほとんど枯れ落ちた。人もパラホラといるだけの静かな真如堂であった。

・facebook. (2018.12.11)

贈り物２つ

うれしいことに贈り物をもらった。
１つは初枝さんからだ。家内の再入院を知って、シクラメンを贈ってくれた。そして「春よ来い！」というメッセージがあった。なかなか春が来そうにはなく、これから本格的な冬になるという天候であるが、あえて「春よ来い！」と一言叫ぶところに、情の濃さが現れているではないか。

もう１つは、ヒーコーからだ。私が独り暮らしで食事に困っているであろうとの計らいで、「海鮮眞味」として焼魚・煮魚のパック６種を贈ってくれたのだ。湯煎しても良く、電子レンジでチンしても良いものだ。夕食のおかずに最高だ。彼はこれまでも何かと独り暮らしの不便さに益となるようなものを贈ってくれた。どうしてこういうものを探し当てられるのだろうか、不思議だ。私が逆の立場だと、このように気の利いたものを探し当てられそうにない。でも、何はともあれ大いに助かるから、私はありがたく頂くことにした。

・12月ドイツから

(2018.12.14)

今日14日、家内の見舞いから帰宅すると、ドイツからの荷物が届いていた。開けてみると、お茶とクッキーが入っていた。私と家内名義になっている。

これは素晴らしいクリスマスの贈り物だ。トコの贈り物だ。しばらくご無沙汰していたから、どうしているかな、『西遊記』をご主人と読み続けているかな、などと思っていたところだ。

食欲の落ちている家内も、クッキーならば喜んで食べるであろう。家内は歯が悪くなっているので、食べ物をこぼしてばかりいる。だから余計食べたがらない。でも、近ごろはかむ力が見直され、健康の素はよく噛むことだと言われている。トコから頂いたのは小さな一口大のクッキーだから、これならうまく食べられるだろう。遠くドイツからの好意に感謝だ。

・facebook.

(2018.12.22)

手帳

毎年年の瀬が迫ってくると、手帳が送られてきた。しかし、今年はまだ送られてこない。多分もう送って来なくなったのだろう。考えてみれば当然のことで、退職して5年以上になるのだから、もうテキスト販売のお役に立たないことになる。でも、私の方では、手帳が来ないことに拠って、私がお役に立たないことを知らしめられることになる。だから、たかが手帳のことではあるが、物寂しい気分になる。

そう言えば、カレンダーだって来ない。私がドシドシ預貯金をする身分ではなく、年金だけでシコシコ生活しているだけだから、銀行だって相手にしない。当然のことだろう。今日、三恵社から私のネーム入りのカレンダーが送られてきた。なんだかホッと一息ついた感じだ。来年のカレンダーは休日に関する法律がまだ未成立なのだそうで、変更が生じるらしい。5月の10連休のことらしいが、私のような人工透析のものにとっては、休日など関係なく透析に行かねばならないから、まるで関係のない話だ。

今年の元日は月曜日だったので、1月1日から透析に行った。そして、12月31日も月曜日なので、大晦日でも行かねばならない。来年は2日が水曜日なので、2日から4時間の透析開始となる。そして、4日が金曜日なので、4日に

も透析に行くことになる。お正月三が日もゆっくりしていられない。
今日12月22日は冬至だそうだ。慣例によってゆず風呂に入ろう。昨日今日と暖かいが、明日ぐらいから寒波がやって来るそうだ。この1年長くもあり、短くもあったので、ゆず風呂に一人入ってゆっくり体を温めよう。

・本の贈り物 (2018.12.26)

本を頂いた。
沈従文著、福家道信訳注『湘行書簡——沅水の旅』(白帝社、2018年3月23日、222頁、7,870 + α円)

えっ、なんで？と正直のところ思った。今頃贈ってくださるというのは、クリスマスの贈り物みたいだ。あるいはお正月のお年玉か。
この本に関しては、すでに私のＦＢでは10月10日に触れている(『再生微語』139頁)。事の発端は坂出先生がコピーを送って来てくれたことから始まったのだ。なぜコピーを送って来たかというと、この『湘行書簡』の書評をした飯塚容先生の文章の最後にちょこっと私の名前が出ていたからである。坂出先生はご親切にもコピーを送ってくれたのであった。飯塚先生の書評は、非常に丁寧に親切な書評であって、私は「愛情深い書評」としてこの書評を取り上げた。だから、今の私にはこの本そのものに対する意見をまだ持っていない。
飯塚先生が、なんで私の名前をちょこっとでも挙げたかと言うと、山田多佳子訳、萩野脩二監修として『沈従文と家族たちの手紙——鄂行書簡』を2010年5月に三恵社から出したからであろう。参考書目としてわざわざ挙げてくれたのである。
そういう因縁のある本だが、ひょっとするともう一つあるかもしれない。それは福家先生がこの沅水の旅に出かける前に、沈従文がいた湖北省咸寧の五七幹部学校に立ち寄ったことがあるからである。五七幹部学校時期の沈従文の住居に福家ご夫婦を案内してくれるよう私は李城外氏に頼んだことがある。ひょっとするとそのことを福家氏は思い出して、この本を恵贈してくれたかもしれない。
何であれ、問題は本の内容である。この本は写真やスケッチがいっぱいある非常に丁寧に作られた本であるうえ、解説として福家氏自身の2篇の論文まで入っている。それ故、この本の内容は重い。重いからこそ、じっくり読んだら面白いに違いない。これから読みたいが、じっくり読む時間が私にはあるだろうか。

・義を見て為ざるは……

(2018.12.29)

「義を見て為（せ）ざるは勇無きなり」という。もちろん孔子様の言葉だ。私は「勇」はないけれど、「情」はある。「義」とは何か？人として行なうべきことだろうが、私にとっては岩佐先生の「興奮」である。

昨日28日、『郭沫若研究會報――郭沫若・周作人交流特集号』第20号が届いた。

これは毎回紹介しているように、岩佐先生が一人で編集その他を請け負っている冊子である。すでに第20号にまで来たのだ。そして、今回は特集号を組むほど、1つの事に集中して学問的価値を高めた。それ故、岩佐先生は「興奮」している。「興奮」しているから、この20号につき、私に書評せよと言ってきた。

私は私事のことを言い出したら、いろんなことがあって、そんな余裕はないのだが、岩佐先生がこのように言う「興奮」がわかるので、命に従ってやらねばならない。

岩佐先生がなぜそんなに「興奮」しているかといえば、周作人の孫の周吉宜・前中国現代文学館副館長が縷々詳しく述べているように、「偶然」によって成功にみちびきだされたことがあったからだ。

今年2018年2月、中里見先生による「『春水』手稿と日中文化交流――周作人・冰心・浜一衛」国際学術集会が開かれ、周吉宜父娘も参加した。九州大学で行なわれたこの会の終了後、オプションとして、郭沫若が九州大学に留学していた時の状況を岩佐先生が案内紹介した。その時に周吉宜氏が、自宅に、郭沫若の周作人宛ての年賀状があると、岩佐先生に伝えた。「偶然」の出会いであり、想定外の言葉である。岩佐先生の驚きと喜びはいかほどのことだったろうか想像するに余りある。「興奮」せざるを得ないではないか。

岩佐先生と周吉宜氏の両方は、著作権を明確にするため、郭沫若の娘・郭平英氏と連絡を取り許可を得た。そこで、岩佐先生は『郭沫若研究會報』に、その年賀状を公開することにしたのだった。

郭沫若が周作人宛てに送った年賀状があったのだ。
郭沫若と周作人とは、思考や生き方に置いて、相容れない関係にあると思われる。私がそういうばかりではなく、そのように文学史上もそう捕らえられてきた。周作人は文学研究会のメンバーで、郭沫若はそれに対抗する形で結成された創造社のメンバーだったからである。
だから、１通の年賀状が貴重なのである。
少し専門的な人ならば、関係が有ったろうとは察知していただろうが、文書のやり取りをする関係にあったとまでは思い至らなかったに違いない。そういう点が、この年賀状には書き込まれていたのである。
年賀状といっても、私が岩佐先生に出すようなお義理の、ありきたりの文案ではなかった。
年賀状は、1936年1月3日付けで出されている。干支で言えば丙子（ひのえね）の年である。そこで、郭沫若は「丙」の字について、もともとは魚の尻尾だったと述べているのである。この様な言及により、二人の間に文書での交流があったであろうことを詳しく述べたのが、蔡震「郭沫若の周作人宛はがきから読み取れる史事」という論文である。
この年賀状は、郭沫若が日本の千葉にいた時に出されたのである。なぜ郭沫若が千葉にいたのか、そして千葉での暮らしぶりがどうであったか、などについては中国現代文学史では一応の常識となっている。郭沫若は1928年から1937年にかけて、国民政府の逮捕状を受けて、日本に亡命していたのであり、そこで日本の警察から監視を受ける生活であったのだ。1934年に二人は面会するが、その時までの二人の関係や、その後の関係を論じた呉紅華「知堂・周作人と鼎堂・郭沫若」も有意義である。
また、中里見敬「一九三四年夏、周作人・郭沫若面会の背景――「銭玄同致周作人書簡」を手掛かりとして」や、顧偉良「小詩運動挫折、及びその行方――周作人・郭沫若・成仿吾の言説を読む」及び、かなり緻密に精力的に資料を集めた、松宮貴之「大躍進、調整時代、一九五八年から一九六二年までの郭沫若の文学と書――視察時に於ける第三期郭体から第四期郭体までの過程とその詩、書の思想」も力作であり、読むに値するもので、これらの原稿を受け取って編集した岩佐先生の「興奮」も伝わってくる。
最後にもう１つ「偶然」について触れれば、この年賀状は〝文化大革命〟の時期に行なわれた紅衛兵の「家探し」によって失われたものの１つである。周作人の家は、彼が「漢奸（＝売国奴)」とされた経緯から殊の外ひどく破壊にあった。周作人の持ち物が破壊され踏みにじられたほかに、本人の肉体まで激しい暴力にあったのである。こうして失われた文書の中で奇跡ともいえる「偶然」僥倖で残ったのが、この年賀状であったという。
まさにこの年賀状は、「興奮」するに値する、文学史上の史料ではないか。

＊敬：岩佐先生のすぐそばにいて、特集号編集の苦労話を伺っていたにもかかわらず、できあがった会報を見て、私も興奮を禁じえませんでした。小さな会報の快挙ですね。拙文は、句読と翻字の間違いなど、見苦しいものとなってしまい恐縮です。『春水』手稿のご縁が、こんな形で別の成果を生んだこと、うれしく思います。

＊邱羞爾：先生のご努力のシンポジュームがあったればこその「快挙」でした。先生の地道なご努力に感謝いたします。

＊利康：今回は周作人関連の記事が多数ですね！ぜひ読みたいと思います！

＊邱羞爾：先生こそ『郭沫若會報』の書評をすべきでした。でも、会員ではないのですか？

＊邱羞爾：岩佐先生の言では、明日にも会報がつくだろうとのことでした。岩佐先生お一人の作業で遅れているとのことでした。

＊利康：ありがとうございます。メールで連絡差し上げたところ、お返事をいただきました！

・言葉

(2019.01.02)

新年あけましておめでとうございます。元日から良い天気で暖かく、穏やかな年明けとなりました。皆さんのご健勝をお祈りいたします。
私は年賀状に、「本年はしんどい中でも、笑顔を忘れずにがんばります」と書きました。随分無理をしたものですが、それでも嘘偽りのない言葉です。
笑顔を忘れずにという言葉を発するきっけは、「悲観は気分に属し、楽観は意志に属する」という言葉を知ったからでした。この言葉は、どうやらフランスの哲学者・アランの『幸福論』より出る言葉のようです。
私は別にアランの『幸福論』を読んだわけではなく、人がこの言葉を使っているのを受け売りしただけです。たまたま昨年末にかけて悲観的に陥りそうなことが続いてあったので、愚痴っていたところ、話の進展で、「でも元気を出さねばねえ」ということになり、笑ってしまおうではないかということになった。そして話のおしまいは、笑うのも力が必要だねということで終わった。
そういう心境であったところ、たまたま「悲観は……、楽観は……」の言葉に出逢ったので、アランの言葉を座右の銘にしようと思った。状況は年が変わっても、何も変わらず、相変わらず良くないが、意志的に笑っていれば、少なくとも心の余裕ができる。物事を悲観的に見るだけでなく、楽観的にやり過ごすことが出来る。しんどい時こそ笑顔が必要なのだ。

＊純一：しあつのこころはははごころ、おせばいのちのいずみわく、わっはっは、わーっはっは。というのが昔あったような。誰だったですかなぁ？あれは漢方ですよね。

＊邱羞爾：アッハッハッハ、浪越徳治郎ですね。あそこまで笑えると幸せです。

＊金モリ：あけましておめでとうございます。先生、素晴らしい言葉ですね。小生も拝借させていただきます。

＊邱羞爾：今年もよろしく！君の元気を学びたい。

＊金モリ：僕の場合は、『浅慮による楽観を戒め』も必要ですが（笑）

＊邱羞爾：アフォリズムには、いつも正反対の真実をいうものがあるからなぁ。君はまだ元気だ。三浦雄一郎さんを超えるかもしれないね。

＊金モリ：三浦さんのようにいつまでも夢を持ち続けたいとは思います。

＊純子：元旦に先生からのお年賀状を受け取り、「笑顔を忘れずにがんばります」というお言葉になんか先生、アイドルみたい（笑）と思っていました。このＦＢを読んで納得しました。ごめんなさい（笑）。

＊邱羞爾：無理をしているのがバレバレでしたね。

＊純子：いえいえ、今年も先生の笑顔をおおいに期待したいと思います。よろしくお願いします！！

＊ノッチャン：あけましておめでとうございます 🌅
良い言葉を知りました。
先生の、ちょっと無理をしてるかなというくらいの意志の持ち方が素敵です。
可愛いといえば、先生に失礼ですが……いい感じです。
今年もfacebook楽しみにしています。

＊邱羞爾：ありがとう。今年もよろしく！

＊眞紀子：先生☺ しんどくても笑顔❣ 素敵です。みんなにこれだけ愛されてるんだもの❣

＊邱羞爾：眞紀子さん、ありがとう！本当にうれしいです。

＊和子：明けましておめでとうございます。今年もFB楽しみにしています。

＊邱羞爾：和子さん、ありがとうございます。今年もよろしくお願いいたします。

＊国威：友人からこの写真は、萩野先生かと聞かれましたが、

＊国威：沈老师您好，冒昧打扰，请您见谅，想向您请教有关关西大学萩野修二教授的情况。一位朋友发来了拍卖得来的旧照片，推断其中的年轻人可能是萩野教授。不知能否请您给看看[愉快]

＊国威：照片上的老人是江绍原先生，朋友推断照片上的年轻人是来拜访的萩野教授[愉快]

＊国威：这张照片非常珍贵，江绍原先生晚年的彩照很少见，1981年的时候，应该是日本学者给照的。朋友推断这张照片可能就是出自萩野老师之手[憨笑]

＊国威：以上は、北京の友人からの微信です。

＊邱羞爾：仰る通り、私に間違いありません。二外の日本語教師であった高橋先生と２人で尋ねました。高橋先生はもうお亡くなりになりましたが。この時の録音がどこかに残っているはずです。かなり激烈に当時の（たぶん文化大革命の）批判を行なっていました。その録音テープが見つかればよいのですが、今ちょっと探すのは困難です。

＊国威：何か思い出を書かれたらいいですね。

＊邱羞爾：そんな気分にありませんが、今、何か再評価の機運でもあるのでしょうか？

＊国威：いいえ。遺物が文物市場に流出しただけです。ご親族も歳ですからでしょう。

＊国威：谢谢您，明白了，终于可以确定啦。之前国内的拍卖方，误以为是江绍原父子的合影，还说“萩野”是江绍原先生不为人知的笔名，这下前后情况也清楚了。太谢谢您啦[玫瑰][玫瑰][玫瑰]

＊国威：朋友的微信。

＊邱羞爾：念のために申し上げておきますが、この写真は、記念として高橋先生が撮ったもののうちの１枚で、私が江紹原先生に差し上げたものです。何枚か差し上げました。当時は写真の現像も簡単にできませんでした。それで、私の名前が裏に書いてあります。私が市場に流したのではありません。

・facebook.　　(2019.01.06)

めんべい

亮君から「めんべい」をお年賀としてもらった。めんべいとは、辛子明太子とおせんべいの融合だそうだ。彼からは昨年も「一つ栗」をもらった。どちらも福岡の特産だ.とてもおいしく、ありがたいことだ。
手紙が入っていて、現在の苦境が縷々書いてあった。彼はそれなりに会社勤めをしているが、それがどうしても落ち着かないというのだ。何かモヤモヤするものがあって、現在の会社を辞めたいと思っているそうだ。その打開のために、北京に行って、かつての恩師に会い、心情を打ち明けたそうだ。すると恩師は「それは、君には、博士となって大学で教鞭をとりたいからだ」と言われたという。そこで、彼はもう一度研究生活を今年はするつもりだとあった。
やりたいことをやるのは大変良いことだ。でも、私には私の考えがある。それはまた別の話だから、「頑張れよ」としか言えない。一言、君にもらった「めんべい」のように甘くはなく、辛いものだよとメールで返事をした。

・facebook.　　(2019.01.08)

七草粥

7日に七草粥を食べた。朝食べるつもりであったが、寝坊して透析に間に合うかどうかのせわしないことのため、前もって買っておいた「七草粥セット」を使うことが出来なかった。
透析から帰宅して、「七草粥セット」から取り出して水で洗い、熱湯でサッとゆでたが、スズナとスズシロだけは５分ほどゆでた。そして、１～２センチほどに切って、るり子さんからもらった「玄米粥」に入れて、お昼に食べた。もう１時を過ぎていたが、七草粥の出来上がりだ。
人によっては、七草を切り刻むとき、「ななくさ、なずな、とんどのとりと、にほんのとりと、わたらぬさきに、ななくさ、なずな、……」と七七四十九回歌うそうだ。私の記憶では、そんな歌を食べる前に順番に歌って笑い転げたことがあった。そんな時は、普段怖い親父も一緒で、先に立って歌った。何か家族のきずなを、そこで深めようとしたのかもしれない。でも私個人は、それで家族なぞを意識したかというと、別にそんな意識など感じず、やはり親父など、怖い親父として好きにならなかった。
ともあれ、今回私が作った七草粥は、なかなかおいしかったが、別にこれで福が来たとか、健康になったというわけではない。ただ私は、こういう「ゆず湯」だとか「七草粥」のような風習が好きなだけである。風習を伝えるべき子供たちも、孫たちも近くにはいない。ともに食うべき家内も傍にいない。
七草粥なんて、言うまでもなく、正月のおせちで膨らんだお腹を休めるために、こんな貧相な草を食べるのであろう。七つのどの草も年を越えてできるというので縁起が良いという。がしかし、そんなことはどうでも良い。今日リハビリで計った私の腹囲は79センチ。痩せて46.7キロしかない体にしては、腹が出過ぎている。もう体重制限値（＝ドライウエイト）の45キロなんか吹っ飛んでしまった。

・YuanMingの中国レポート (2019.01.10)

久しぶりにＹｕａｎＭｉｎｇから中国レポートが届いた。彼の真新しい中国体験を聞こう（＝読もう）ではないか。
彼個人の狭い体験かもしれないが、体験の積み重ねが真実を招くのだ。今や、誰からの手をもすり抜けて、中国は未知の世界へと躍進している。それは、いつバブルがはじけて転落するかもしれないが、すさまじい勢いはしばらく続き、誰もが経験したことのない世界を構築し続けるであろう。そういう怒涛の波の中でもがいた個人の記録が、ここにあるように思われる。そういう意味でも、貴重な体験談だ。

＝＝＝＝＝＝＝＝＝＝＝＝

あけましておめでとうございます。年末年始は江蘇省に行ってきました。
２年ぶりの中国はキャッシュレス化が進んでおり、IT大国中国という印象を受けました。

1日目 12/29

成田→浦東

早朝京成バスにて成田へ。空港は意外にも人が少なく、スムーズに搭乗手続きを済ませ離陸。

毎回中国の空港に着くと、中国特有の八角の匂いがしますが、年々薄くなっている感じがしています。外人は日本の空港の匂いをどう思うのでしょうかね。

浦東で喉が渇いたので自販機で飲み物を購入しようとすると、なななんと！！現金が使えない。電子マネーオンリー。

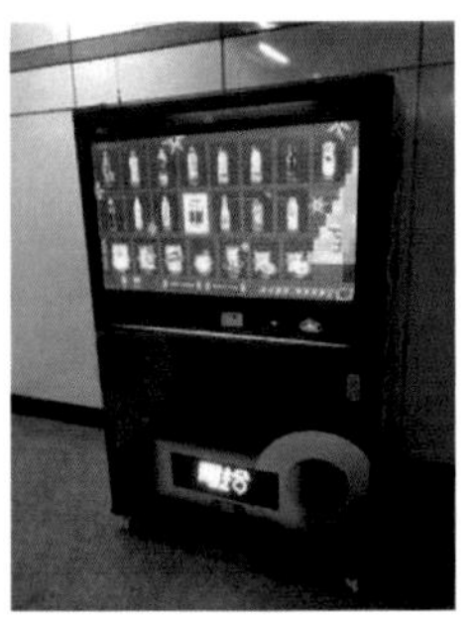

浦東空港の自販機（キャッシュ使用不可）

Alipay（アリペイ）やWechat payの口座登録には中国の銀行口座が必要な為、持っていない人は電子マネーの登録ができずすごく不便。

浦東から虹橋までは地下鉄2号線。

10年前に上海留学時代に使っていた、交通カード（ICOCAみたいなもん）を恐る恐る使用すると、問題なく使用でき一安心。

虹橋空港にある携帯充電場所兼 wi-fiスポット

静安寺で途中下車し旧友と飯。その後足ツボマッサージ。街中の古びた店なのに1時間68元。留学してた時なんて30元程度。

その後、虹橋火車駅へGO！

年末の影響で駅はただ混み、目的地の常州への新幹線チケットが完売で露頭に迷う。

チケット購入、使用には身分証明書が必要で、ダフ屋は存在せず…困りに困って裏技使用。蘇州までのチケットを購入し、車内にて补票（乗り越し）。

22時に常州到着。ハピネスホテルというなかなか良いホテルを知り合いに提携料金で予約してもらい、その日は麻辣烫を食べ就寝。

常州駅に着くと、QRコードを使った大きな宣伝広告。

2日目　12/30

浦東空港の自市場もQRコードで支払

常州出身、常州在住、大阪市立大学卒業、27歳、独身女性、日本語、英語、韓国語、中国語、常州語がペラペラの友人女性、kkちゃんとの蘇州旅行。
蘇州は江蘇省内GDP成長率No1の街です。
彼女は以前私の勤めていた会社の事務のサポートで、私が出会った中国人の中で最も頭が良く、気がきく。信号無視を絶対しないしポイ捨てもしない。
私の影響で関西弁になり、高校野球好きで（大阪桐蔭のファン）、阪神のファンクラブにも入会したオタクです。
蘇州までは新幹線。蘇州の一部地域ではわざわざ街を再開発し、昔ながらの雰囲気に変えたらしいです。平江路というところは雰囲気がよく、ゆっくりくつろげるカフェや江蘇省名物の刺繍屋などの店も立ち並び、雑貨屋も多くあり、お土産さがしにも最適でした。
その後、獅子林という庭園を観光。
夜はウイグル料理店で羊を食す。
注文、会計もすべてスマホ。
テーブルの角にQRコード　ここから注文、会計を行う。
マクドでもケンタッキーでも大半がこの方式。

3日目 12/31

早朝ホテル付近を散策。ローカル市場があったのでブラブラ。
市場での決済もキャッシュレス。
支付宝（アリペイ）か微信支付（Wechat Pay）かどちらか選べます。
鳩食べるんですね。
鳩のほか、鶏、アヒルなどいました。
常州語なのでよくわかりませんが、注文方法は「雄か雌」「大きさ」など言うていました。
昼間は常州市内観光。

天宁寺というお寺にいき、自分が好きな小商品市場てブラブラ。
その後、常州から無錫に行き知人と王総と飯。
彼は20年前程日本でマッサージ店を開きかなり儲けたらしいです。
その後中国に戻り日系企業に就職。サラリーマンをしながら日本で貯めた資金で開業し、顧客を自分の会社に流している頭がキレる人です。
しかも、自分の会社を勤務先の会社と同じビルの真上の階でオフィスを賃貸し、会社経営している強者です。
晩飯にはITで儲けた李総と言う人も同席しており（初対面）、28歳の二奶（愛人）を連れてきていました。
無錫は日系企業が多く進出している所です。

線香 30元 480円

3日目 1/1

正月
常州から南京へ。目的は博物館。
祝日ということもあり大勢の人。
その後、夫子廟というところで小吃を食べまくる。
有名なアヒル料理　20元ぐらい。水資源が豊富なのでアヒルを育てるのに最適だったので、南京はアヒルが有名らしい。

博物館のモニュメント

4日目 1/2

今回の目的である、トリナソーラーの副社長呉总に会うこと。

太陽光ビジネスの話でお茶とタバコを吸いながら5時間ほど商談。
工場には卓球台やバトミントンコートが置かれており、昼休みにはみんなで楽しんでおりました。
中国人の働き方はハッキリしており、変に上司にゴマをすらず、無駄に残業をしない。やるときはやる、やらないときはやらない。
この会社に来る度、日本社会は無駄が多すぎると感じます。

5日目 1/3
帰国
今回の旅は中国の経済がものすごい勢いで発展している事をスマホを通じて感じました。
また、10年前には街中の土産屋さんには毛沢東グッツが必ずあったのですが、今回はあまり見かけませんでした。
中国は変化があるから面白い。
次行く時にはどの様な変化があるのか楽しみです。

※一言アドバイス
日本でレンタルしたポケットWi-Fiは中国で回線がよく途切れるので、SIMFreeの携帯で中国で購入したSIMをさして、ラインを使うならVPNサービスに加入するほうがよい。

2019.1.7　Written by YuanMing

＊シナモン：待っていました、Yuan Mingさんのレポート。屋台もスマホ決済と聞いていましたが、市場の野菜までそうなんですね。YMさんのお友達の話、逞しいですね、面白いです。

＊邱羞爾：シナモンさん、コメントをありがとう。貴女が北京にいた時とは随分変わってしまったでしょう？

＊シナモン：はい、あの頃はまだ携帯電話で、スマホは普及していませんでした。もう10年前になります。
今はアイさんとも微信でやり取りをしています。写真を送ったりするのに便利で

すね。アイさんは文字を打つのが面倒なのか、いつも音声で送ってきます。ところで何でもスマホ決済だと、旅行者が現金を出すと嫌がられるのでしょうか。

＊YuanMing：シナモンさん、新年快乐
YuanMingです。コメントありがとうございます。
自分の拙いレポートを楽しみにして頂いてるなんて感激です。
中国人の微信の主なやり取りは音声ですよね。日本人の感覚ではちょっと恥ずかしい感じがします。微信の朋友圏では不動産、代购、人材派遣など様々な広告を個人が出しているのも日本人との違いですよね。
私の体験では外国人旅行者が現金を使っても、心の中では少し面倒いと思っているかもしれませんが、口座開設が出来ないとか色々な理由があるので嫌がる事は無いと思います。
反対に中国人が中国で電子マネーを使ってないと時代遅れの変わり者と思われる場合があるとkkちゃんが言うてました。

・facebook. (2019.01.15)

ある好意

「君子の交わりは淡きこと水の如し」とよく言われるが、そして私は人との付き合いは、まさにそうした水のごとき淡いものにしておきたいと思っていた。でも、今日は久しぶりの再会に、思わず興奮にとらわれ嬉しく、リハビリ中も話し合って、血圧も上がってしまった。
というのも、心臓リハビリで一緒であった、月曜日第1回目のグループの仲間であった政信氏が、月曜日休日の振り替えとして、今日の火曜日第3回目に来てくれたのだ。月曜日は休日となることが多い。休みとなればリハビリの回数が減る。それを補うために週の何時かに振替を行なう。7人の定員の空きがあれば、いつの時間にしても良い。そこで、彼は、何時でも良いところ、私の参加している火曜第3回目を選んでくれたのだ。だから、わざわざ私に会いに来てくれたと言っても良い。私はこの好意に興奮したのだ。
政信氏は音楽をやる。Blueridge Mountain Boysという楽団のギタリストである。秋に円山公園で演奏会を開いたり、あちこちでボランテアとして演奏会を開いている。アメリカのカントリー音楽が主であるから、私のような音楽音痴でも楽しく聞くことが出来る。1度だけだが、演奏会を聞きに行ったことがある。その縁からか、私に好意

を持ってくれて話をするようになった。聞けば、彼は京都産業大学の第1期生であるという。私も京都産業大学ならば、1975年4月から1986年3月まで勤めていたではないか。1969年に卒業した彼とはもちろん知り合うはずもない。でも、なんとなく親愛の情が湧くではないか。
近ごろの彼は、お孫さんを何人も抱いてすっかり好々爺の顔だ。特に女の子は可愛い。だから彼は一層元気だ。奥さんとデートをして音楽会に参加したりしている。奥さんの影響からか、今はクラシックに関心を寄せている。つい最近の「京信　ニューイヤーコンサート」を聞きに行ったというFBでは、少年隊の合唱に感銘したというが、女性演奏者の和服姿にも感心していた。「老いて益々壮ん」といったところであり、彼の誠実な人柄から、それは他の人を微笑ませ、元気づけるものであった。

・**facebook.**　(2019.01.19)

『再生微語』

私にはやっとという感じで、2018年1年間をまとめた本『再生微語』が出来上がった。三恵社の方では可能な限り急いで作ってくれたのだが、気の短い私のこととて「やっと」出来たという感じなのだ。コメントを書いてくださった方には献呈させていただくが、しばらく時間がかかるかもしれない。早く読みたいという奇特な方がおられたら、三恵社に電話をして注文していただきたい。電話番号は、052-915-5211　です。定価は、2000＋α円です。
ただ今の私の心境は、あまり嬉しくない。本が出来たことは嬉しいことなのだが、それ以上に嬉しくないことが出来てしまったのだ。
家内が16日夕刻に退院した。退院というと嬉しいことなのに、毎回治っての退院ではないので、余計な心配が出来てしまう。今度は徘徊だ。うろうろと歩き回って、少しも休まない。座って話すこともできない。17日、18日と1日中歩き回っていた。本人も歩き回って疲れるので、そうするとぶっ倒れて横になってしまう。そしてすぐまた歩き回る。今のところ、家の外まで出歩かないから、まだマシだが、いつ外に出てしまうかわからない。
さらに、少しも食べない。追いかけまわしてスプーンで口に入れても、舌で押し出してしまう。もうすっかりガリガリに痩せてしまった。あばら骨が出る骸骨みたいになってしまった。だから、腰も曲がってしまった。一日で骨も曲がってしまうものなのだ。

「食べなければ死んでしまうよ」と言っても、「死にたい」と言うのが家内の答えだ。これには参ってしまう。
今日は3日目に過ぎないが、もう起き上がれなくなってしまっている。多分歩き疲れたのだろう。朝から布団に入ったまま何も食べない。エンシュアという栄養ドリンクがあって、それを飲ませているが、それもほんの少ししか飲まない。飲まず食わずが一番困る。
この様な状態では、これからの生活のリズムが作れない。デイサービスになんか到底参加できそうにない。私は透析の時間を繰り下げてもらったり工夫しているが、進退窮まった状態だ。嬉しいことも飛んでしまう次第だ。

＊眞紀子：先生、御本届きました❣楽しみに読ませていただきます。それにしても、何という辛い状況なんでしょう！きっと先生のことだから、公的支援にもあらゆる手を尽くして、補助を頼んでみられたのでしょうね、、💦私も母（彼女は認知症ですが）の見守りに他人様の手を借りています。様々な困った人に手助けしてくれるシステムはあるんだなぁと思っています。もう、手を尽くしたよって思っておられたらゴメンなさいm(__)m

---

＊邱羞爾：眞紀子さん、ありがとう！君に習って人様の手を借りるようにしていますが、不十分です。なかなか難しい。昨夜もひと騒動ありました。今日の私の書き込みを読んでみてください。

＊ノッチャン：先生、ありがとうございます。御本、頂戴しました。
さて、大変な状況で、なんと言えばいいのか……。うちも母が認知症が出て、その対応にどうすればいいのか悩んでますが、先生とはレベルが違います。公的サービスの利用はきっとお願いされてるでしょうが、兎に角、声を上げるしか無いのかと思います。　マキちゃんが書かれてるように、既に手を尽くされてるのかもしれませんが、何か手立てを考えないと先生まで倒れてしまわれそうで、怖いです。

＊邱羞爾：ノッチャン、ありがとう。あとでまた連絡します。

＊邱羞爾：今日の私の書き込みを読んでください。事態は今のところ悪い方に進んでいるのです。明日のデイサービスに行けるかどうかが、1つの鍵です。今か

ら「着る服がない」と悩んでいます。悩むというより、このためにすべてが「ダメ」なのです。

＊ノッチャン：先生、凄い事になってしまって！　それでも、デイサービスに行かれるのですか？　勿論、行ってもらわないと、先生まで倒れてしまわれますから……
ですが、どなたかも書かれてるように、入院は無理なのでしょか？
無責任な発言に聞こえるかもしれませんが、それが一番いいのではないかと。

＊邱羞爾：ありがとう。今日、デイサービスに行きました。私は今から透析です。この結果が良いといいのですが……今は祈るしか方法がありません。

＊和子：飲まない、食べない、本当に大変です。病院なら、最終、点滴、鼻から管を入れて注入なんて事も出来ますが、家では無理ですから…。
とにかく、無理でもデイサービスには行ってもらいましょう。そこで、少しでも食べさせてもらいましょう。でないと、家族が潰れます。☺

＊邱羞爾：貴重なコメントをありがとうございます。今日の私のコメントを読んでください。

＊京子：先生、ご無沙汰しています。以前お伺いしたときの奥様のお元気なお姿を思い出し、胸が詰まる思いです。いますぐ駆けつけたい気持ちです。皆様おっしゃっているように、ケアマネさんに助けて

＊京子：途中で出してしまいました。失礼しました。最大限人の手を借りて乗り切ってください。

＊邱羞爾：ありがとう。今日の私の書き込みも読んでください。

＊Yumiko：先生、お忙しい中年賀状をありがとうございます。先生とは状況ちがいますが、我が家も義母の病状、独居生活の義父のケアと、先生のお話しがよそごととは思えません。どうか、どうか、御身をお大切に。

＊邱羞爾：今日が年賀状の当選番号発表の日だったのですね。私はたった１枚、最低のが当たっただけです。まさに今の状態のように面白くありません。

＊Yumiko：ここで運気を使わなかったぶん、きっともっと良いことがあるのではないでしょうか！

＊邱羞爾：ありがとう。そういう考えもあるのですね。参考にします。

＊良史：先生。御本をお送り頂き、有り難うございました。病み上がりに、一気に読ませて頂きました。それで気づいたたのですが、生きていくというのは、一つの作品を綴ることなのですね。

＊邱羞爾：綴るとはうまいこと言うなぁ。

＊純子：先生、今日御本を受け取りました！！本当にありがとうございました。私の名前もあった！！うれしいです。

＊芳恵：先生、本日、御本を頂戴しました。ありがとうございました。ここ数日の先生のFBを拝見して、心を痛めております。どうぞご無理なさらずに、先生がダウンしてしまわないようにしてください。

＊国威：先生、ご本を拝受しました。ありがとうございます。楽しく読ませていただきます。

・facebook. (2019.01.20)

泣きっ面に蜂

踏んだり蹴ったりとでも言おうか、19日は魔の厄日であった。

家内が朝から飲まず食わずでいたところ、ケアマネージャーさんが病院に行って点滴をした方が良いと言ってくれた。そして尋ねて来てくれた。私は電話をして救急処置を頼んだ。何せ、土曜日の夜も７時近かったから、先に電話で予約したのだ。病院の答えは「９時までならいいが、病室は満杯なので入院はできない。救急車を呼ぶと、他の病院に行ってしまうかもしれない」というものであった。そこで、私はタクシーを予約した。
やって来たケアマネージャーさんはさすがにひとを扱いなれていて、朝から飲まなかったエンシュアという栄養ドリンクを、ほぼ1本飲ませた。それで、家内が嫌がる病院には行かないことにして、タクシー予約も取り消した。
ほぼ1時間いたケアマネージャーさんが帰ったあと、私は息子とスカイプをした。すると突然、ガシャッペタ―ッという音がした。振り向くと、家内が階段から落ちたのだった。12段ある階段の三分の一ぐらいから落ちたと本人は後で言った。
鼻血が出、口からも血が流れ出る。顔が腫れ、鼻が真っ赤になった。目も赤くなり青くなった。息子はスカイプから「病院に行けッ」と叫んでいる。さっそくタクシーを予約し、病院に行った。時刻は午後8時40分ごろだったから、病院には55分ごろ着いた。
すると、今夜は外科の医者がいないから、外科専門のところに行った方が良いという。あちこち電話をして結局、京都第二日赤の緊急治療室に行くことになった。タクシーで行った。行くと、たくさんの人が待っている。赤ちゃんや小さな子供もいる。土曜日は特に多いそうだ。家内は待つことに耐えられず、徘徊を繰り返す。医者や看護師、職員から「静かに座って待っていてください」「ご家族の方は？」などとさんざん言われる。こうして辛抱して待って、診察を受けたのは10時半を回っていた。さらにレントゲン検査をしますということになり、またその検査を待つ。検査したら、その結果を聞かねばならない。また待って、やっと聞けたのは11時50分だった。ほんの5分ほどの結果説明で、「額の打ち傷も、脳には異常がなさそうだ。でも、2，3日様子を見なければ正確なことはわからない。鼻の軟骨に少し欠けたところがあるが、そのうち自然にくっつくだろう。神経検査も特に異常がない。顔表面や鼻の傷はそのうち治るだろう」とのことで、ひとまず安心だったが、家内の顔は「お岩さん」のように腫れ上がり、赤と青の隈取が出来ていた。でも、塗り薬も飲み薬も出なかったので、周りにいた患者がびっくりして「塗り薬もないの！」という始末だった。何の処置もなく、今度は会計のため、また待つ。会計を済ませ、いざ帰る。タクシーを呼ぶしかないが、幸いタクシーは並んで待っていた。家に戻ったら、12時どころか日付が変わって、もう1時を過ぎていた。
家内は、顔の痛みはそんなに訴えないが、腰が痛いという。今夜は兎に角寝ることだと、いやがるのを無理に寝かしつけた。

（余談あるいは蛇足）

翌日の20日、朝ご飯を割とよく食べた。ゆで卵は食わなかったが、パンは半切れと、とろけるチーズ1枚を食べた。それにレタス少々とミニトマト1個。私の好きな八朔を半分食べた。やれ嬉しいと思っていたが、昼は何も食べない。ケアマネージャーさんが水（経口補水液OS1）を持って来てくれたので、少し飲んだぐらいだ。

そして、また徘徊を繰り返す。一人で2階に上がり降りして、再び転げ落ちてけがをしたら、どうする？ということになり、ケアマネージャーさんの提案に従って、2階での生活をやめ、1階だけの生活に切り替えることにした。布団などを2階からおろし、1階の居間に敷き、ひと間生活をすることにした。まさに「再生」である。

＊Yoshie：先生、ご本頂戴しました。私にまでありがとうございます。でも、先生は今それどころではないのでしょうね、奥様のこと、とても心配ですが、それ以上に先生が心配です。少しでも回復されることを祈っています。

＊京子：なんということでしょうか！！まさに泣きっ面に蜂。奥さま痛かったことでしょう。先生もへとへとでしたね。食事を少し召し上がってくださってよかった。明日のデイサービス馴染んでくださるとよいのですが。

＊邱羞爾：今日はまた食べないし、ほんの少ししか飲まない。私に対して大きな不満があるみたいです。デイサービスはうまくいきませんでした。まぁ、第1回目ですから。

＊京子：召し上がらないのが困りますよね。デイサービスは一回目からうまくはいきませんよね。

＊和子：本当に大変でしたね。骨が折れたりしてなくって、良かったですね。でも、邱羞爾さん自身もクタクタでしょう？　邱羞爾さん自身が潰れないようにして下さい。

＊邱羞爾：ありがとう。確かにクタクタです。

＊眞紀子：先生！なんてこと！透析してて、自分一人でも大変なのに 昔、友達の親がよく似たことになって、二階への上り口に柵を付けたことがあったけど、大工さん、頼むのもありかも知れない。先生、奥さまを大切にするのと同じくらいにご自分も大事にしてね。

＊邱羞爾：ありがとう。心配かけて申し訳ない。

＊格子：とても心配です。緊急を要する状況ということで、再び入院させることはできないのでしょうか？先生も無理しないでください。

＊邱羞爾：入院というより、施設への入居になるでしょう。もう少し頑張ります。

＊眞紀子：先生、ゴメン もう充分必死にやってる先生にエラそうに言うて 先生の背中撫でてあげたいわ

＊邱羞爾：ありがとう。うれしいね。

＊Mutsuko：とても心配しています。

＊邱羞爾：ありがとう。また急にお願いをするかもしれない。

＊Mutsuko：困ったときはどうぞ遠慮なく連絡ください。

＊純子：先生のことで私の友人のケアマネをしている子に相談してみようかと思っていましたが、もうしっかりされたケアマネさんがついているようですね。それにしても大変です。何もできなくて、もどかしい思いです。

＊邱羞爾：事態が急展開しているので、もう少しケアマネさんに任せます。

＊Kモリ：先生、適当な言葉が見つかりません。とにかく先ずはご自身のことを第一にお考えください。

＊邱羞爾：ありがとう。今がどん底だといいのですがね。

＊易代：先生、どうかどうかご自愛くださいませ♥　奥さまのお気持ちが治まりますこと、お祈りするばかりです☺

＊邱羞爾：かーさん、ありがとう。ご心配かけます。

＊三由紀：ここ数日は平穏にお過ごしでしょうか。昨夜、再生微語が届きました。見逃していた文章もありますし、本の形で読める幸せを感じます。ありがとうございます。私の父（母は他界）、義父母はサービス付き高齢者住宅（サ高住）に住んでいます。食事・介護・医療の連携があり、驚くほど健康状態がよくなりました。叔母は小さなアパートで一人で頑張っています。ひとりひとり、奥様も先生も、自分に合った生き方ができますように。

＊邱羞爾：ありがとうございます。サ高住なんてものがあるのですか。参考になりました。言うまでもなく、平穏な状態ではありません。今が最低なのだと信じたいです。

＊シナモン：先生、ご自身のお体のケアも必要なのに、奥さまの看護も大変で、なんと申し上げてよいやらわかりません。奥さまの腰は大丈夫だったでしょうか。ちょっとしたことで骨折したりもしますから、心配です。お大事に。

＊邱羞爾：シナモンさん、コメントをありがとう。家内の腰は、まだどうなのかわかりません。火曜日に病院に行くので、その時わかると良いのですが……。

＊クマコ：「再生微語」いただきました。ありがとうございます。　先生、大変な状況ですね。どうしたらいいのでしょう。　このままじゃ、先生のお身体もダメになってしまいます。ケアマネジャーの方は状況もよくご存知だから、どこか奥様も安全で先生も少し安心できる施設をご紹介頂けないのでしょうか？　過去に義父の徘徊で検査入院していた脳外科病棟から退院を余儀なくされたことがあります。その時一番動いてくれたのはケアマネジャーさんでした。

先生の事も奥様の事も心配で、心臓がバクバクします。

＊邱羞爾：クマコさん、コメントをありがとう。今日やっと家内はデイサービスに行きました。ケアマネさんが来て、抱えるようにして、嫌がる家内を車に乗せました。私はこれから透析に行きます。あとはうまくいくことを祈るだけです。クマコさんの心臓が少しでも治まりますように！

・**facebook.** (2019.01.29)

＊**義則**：邱羞爾先生からご著書を頂戴しました。先生、ありがとうございました。

・**好意** (2019.01.25)

私が余計なことを書くものだから、多くの人にご心配をおかけした。申し訳なく思うけれど、1度書いてしまったからには、その後の経緯をも書かねば、これまた失礼になろう。プライベイトの恥ずかしい話ですが、どうぞご容赦ください。
ただ、正直なところ、ゆっくり書いている余裕がないのです。1間だけの生活を今しています。それで、パソコンを置く場所もなかなか作れない。置いても、書く時間がなかなかない。徘徊する家内から目が離せないでいるからです。この徘徊のせいで、階段から落ち、顔面を損傷しましたから。
私が「泣きっ面に蜂」と書いたブログやＦＢを見て、すわ大変と、メールや書き込み、はがきをくださった方がいます。心よりお礼を言います。そういう方々の好意で、私は元気をもらっています。
さらに、とにかく目の前にあるものをと包に入れて送ってくれた裕子さんのような方もいます。メイバラスを10本近くとチョコレートなど、それにインフルエンザの予防にと「のど飴」などを送ってくれました。
また、良香さんのように、自分の身内のことでも大変なのに、サプリメントを数種類送ってくれた方もいます。ちょうど前に頂いたサプリメントが無くなったときだったので、なんというタイムリーなことかと感心しました。
皆さんの好意に深く感謝しますが、今家内はエンシュワ、それもハイグレードを飲んでいますから、どうぞご安心下さい。問題は米粒やパンなどの主食を食べないことです。今の私は、なんでも口に入れるのなら結構なことだと、リンゴやミカン、八朔、バナナ、苺やあんぽ柿などを買って食べさせるようにしています。でも、1口だけしか食べません。粉末状のものは薬でも受け付けません。
今日はデイサービスに行きました。3回目です。月曜日の第1回目の暴れよりはずっとマシになったようです。その間、私は透析に行きます。それで、私は透析の時間を遅らせてもらいました。12時半から4時半まででです。家に帰るのは5時ちょっとすぎます。そうすると、家内が先に家に帰ることになります。1回目のように、途中で帰されるようなことが無ければ、わずかの時間差ですから、やむを得ないことと思っています。こういうことで、1週間が終わるのですが、私は家内の看護のために中腰になることが増えて、腰がたいへん痛くなってしまいましたから、明日の土曜日にはぜひとも接骨医院に行こうと思っています。留守の間、ヘルパーさんに家内の面倒を頼むのですが、接骨医院がいつも混んでいるので、私が1時間で帰宅できるかどうか危ういところです。

＊クマコ：奥様はお餅はめしあがりませんか？　お吸い物のような出汁で、レンジして少し柔らかくしたお餅を更に少し煮込んで、トロっとしたものを食欲のない義父に良く作りました。

＊邱羞爾：クマコさん、ありがとう。でも、今は何もいりません。今の家内は、エンシュワ以外何も受け付けません。もし口に入れることが出来るならば、少し柔らかくしたコメのご飯とパンを食べさせます。そのように努力しています。今朝はパンの半切れの半分を食べました。

＊和子：ディサービスには、行って下さってるみたいなので良かったです。邱羞爾さんは、接骨院には行けましたでしょうか？

＊邱羞爾：今日、2週間ぶりに接骨院に行くことが出来ました。家内は寝たきりになっているのですが、今度は起き上がる力もなくなったのかと心配です。ほと

んど食べていませんから。

・突然の訃報 (2019.01.29)

今日、リハビリから帰宅したら、見知らぬ人からのハガキがあった。はて？と思ってみてみると、次のような文章が目に飛び込んできた。

〝坂井有の夫です。突然で驚かれるかと思いますが、妻の坂井有は1月17日の午前3時20分に癌のため、息を引き取りました。……〟とあるではないか。私はあまりのことにびっくりして言葉が出なかった。若い人の逝去は痛ましい。私は悲痛な思いに胸が痛む。

つい最近まで、元気そうに研究会のお手伝いをしていたではないか。あの時、私は初めて自分が透析をしていることを彼女に打ち明け、左腕の2つの絆創膏を見せたのだった。彼女はそこでやっと、私の状況を認めてくれたのだったが、自分のことは何も言わなかった。だから私は当然、いつものごとく元気にやっているものと思っていた。昨年の10月から調子が悪く検査の日々を過ごしていたらしい。彼女はまだ若いから却って癌の進行が早かったらしい。阪大病院での治療も甲斐なく、本当にあっという間に亡くなってしまった。

私は彼女とは研究会でお世話になったという関係に過ぎないが、いつも何か話したくなる人懐こい彼女が好きであった。そして一言か二言、言葉を交わすのであった。その口ぶりと言い目つきが魅力的であったから、大学が違って、私の教え子でもないのだが、ウマがあったせいか、親しく付き合ってもらった。一度は私の所属する大学の非常勤講師の紹介のため、阪急の高槻駅でデートしたこともあった。彼女は意外と思えるほどあちこちで職を経験していて、初々しい性格に見えるが、結構経験豊富なしっかりした考えの持ち主であった。その後、急に結婚の通知が来て以来、本当に研究会が開かれるときの受付としてお世話下ったときだけしか、私とは接触はなくなったが、“いつものいい笑顔”が印象的であった。有さん、さぞ辛かったであろうけれど、あの笑顔を絶やさないでいてください。私よりも四半世紀以上も若い貴女の冥福を心より祈ります。

＊ウッチャン：本当に悲しいことですね。そういった人たちのためにも私たちは精一杯生きていかねばなりませんね。

＊邱羞爾：先生はまた病院生活だそうですね。いつまでですか？検査入院ですぐ

出てこられることを期待しています。そして、また精一杯の先生のご活躍を我々に見せてください。

＊ウッチャン：先生、今日入院し明日検査で明後日退院です。カテーテル検査です。

＊邱羞爾：そうですか。カテーテルとはいえ、やはり厄介な代物です。どうぞお大事に！

＊ヘメヘメ：大変驚きました。私も研究会でお世話になりましたが、大変明るい、人懐っこい方だったと記憶しております。ご冥福をお祈り致します😿

＊純一：彼女は、莫言にも気に入られていました。旧姓が莫言の小説に出てきます。莫言本人から聞きました。「你们那个可爱的小姐」。冥福を祈ります。

＊邱羞爾：それは知らなかった。旧姓が莫言の小説に出てくるのですか？

＊純一：蛙鳴の中に出てくる、大江に擬した作家の名前です。何かの酒席で話題に窮してその名の由来を尋ねたら、上のような返事でした。

＊邱羞爾：そうですか、ありがとう。あとで調べてみます。

・facebook. (2019.01.31)

＊Yumiko：高著拝受いたしました。有難うございます。お心遣い、感謝いたしております。すっかり脱落してしまい、文章を書かなくなってしまいました。また時間を見つけて映画の感想など書いていければと思っております。　寒い日々が続きます、どうか無理をなさらずに。

＊邱羞爾：ご丁寧な礼をありがとう。痛み入ります。事情があったのでしょうが、とにかく、また映画の感想を続けてください。

・たくさんの贈り物 (2019.02.02)

このところ、私は家内のことでＰＣに向かう余裕がない。家内は幸い少し食べるようになったが、それでも日にパン半切れとコメのご飯60グラムぐらいだ。問題は、朝から「服がない」と騒ぐことだ。朝と言っても、２時や３時のことだ。もちろんそれだけでなく、午前中も午後も夜も、気づけば「着る服がない」のだ。我々は「服が無ければ」買えばいい、あるいは作ればいいと思う。ところがそのどちらも家内にとっては「ダメ」なのだ。言うまでもなくこの２年間のうちには、あちこちに買いに行き、作ってもらったことだってある。でもどうしても、家内には「着られる服がない」のだ。だから病気なのだ。

こんなことでアタフタ、ドタバタしているうちに、たくさんの贈り物を頂いた。本当に皆さんのご援助に感謝する。頂いたからにはお礼を言わねばならない。そのお礼も、少しは気の利いたことを言おうと思っていたので、却って遅くなり、頂き物がかさんだ。

まず、京子さんが無塩のおかずを10種類も送ってくれた。次々と家内の夕食用に使わせてもらっている。お陰で家内は米粒を食べるようになった。ありがとうございました。

クマコさんのように、ご自分の介護の体験からお餅を送ろうかという申し出もあった。私は自分用に作った「ちゃんこ鍋」に餅を入れて、どろどろにしたことがあったから、彼女の言う「餅をとろけるようにして食べさせる」ことはよくわかっていた。でも、お断りした。多くの方が、ご自分の体験から貴重な手立てを教えてくれた。私の能力のなさから、すべてを生かしているとは言えないが、心より感謝する。

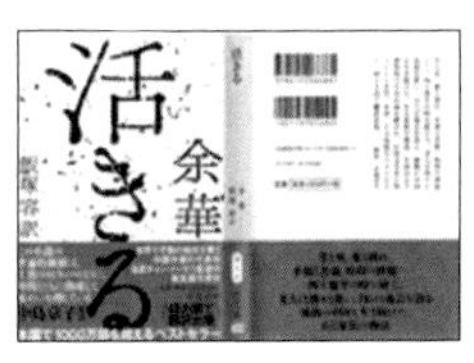

飯塚先生からは、余華の『活きる』(中公文庫、2019年１月25日、331頁、1,200＋α円)を贈られた。これは2002年３月に角川書店から出た訳本の文庫版である。中島京子の解説が加わっている。私は少なくともこの「解説」を読んでからＦＢにアップしたいと思っていた。だが、その時間がなく読めないまま、こんなに遅くのお礼となってしまった。

私の高校の先生(高３の時の担任)である近藤耕人先生から『演劇とはなにか』(彩流社、2018年９月25日、207頁、2,400＋α円)を頂いた。先生は私より８歳は年上である。明治大学名誉教授になられてからも、ますますお元気で数多くのご著書を出されている。『映像と言語』(紀伊国屋書店、1965)とか『見えることと語ること』(青土社、1988)、

『目の人』(彩流社、2012) など。戯曲「凧」で、1962年に第1回文芸賞戯曲部門佳作入選を果たしていらっしゃる。だから、ゆっくりと読みたかったのだが、野暮用にいたずらに時間ばかりかかり、ほとんど読んでいない。

そうこうするうちに、なんと我が弟である萩野正昭が本を出した。『これからの本の話をしよう』(晶文社、2019年2月10日、301頁、1,700＋α円)。弟はデジタル出版の分野では、先駆けの一人である。その苦労とやはり紙の本を出すことのジレンマなど、私には興味ある問題なので、じっくりと読みたい本だ。だが、今は読んでいる余裕がない。

1日には、渡辺晴夫先生から、『蓮霧』第11号を頂いた。先生主催の微型小説研究会の本で、今回は12月にインドネシアのジャカルタで微型小説のシンポジュームがあったという関係もあってか(渡邊先生も参加されたそうだ)、中国の微型小説のみならず、インドネシア・マレーシア・香港・シンガポールの作品が訳されている。微型小説の古典的な評論であるロバート・オーバーファーストのショート・ショート論 (Technique Sells the Short-Short) が紹介されているのも貴重なことだ。

さらに、辻康吾先生から、先生が編集した楊継縄の『文化大革命五十年』(岩波書店)の「編者あとがき　私と文革」という抜き刷りを頂いた。私も文革には大変興味があるので、ぜひ読みたい。辻先生のご厚意にも報いるような感想を書きたいものだ。

また、透析で知り合った順司さんも、私の本を読んでいてくれるそうだ。昨日は、看護師の七海さんも、私の本を読んでいてくれると言ってくれた。これは意外なことで、とても嬉しかった。今日は、接骨医の高弘先生も読んでいると言ってくれた。なんと嬉しいことではないか。こういう心の贈り物も貴重だ。多くの贈り物を前にして、私はつくづくと幸せを感じている。

・家内の入院

(2019.02.06)

家内は昨日2月5日(火)に京都大学付属病院に入院しました。

入院したのは、精神科ですが、主治医が不在だったために、面会が出来ていません。

5日には、家内は病院に行くのを嫌がり少々暴れました。病院に着いてからは、座って話を聞かず、すぐ立って歩いて外に出ようとしました。そこで、ドアに鍵のかかる部屋に入れられてしまいました。私は別の面談室で待たされたので、家内がどんな部屋に入れられたのかこの目で確かめていません。担当の若い医師から一応の話を聞きましたが、主治医からの説明はなく、さらに面会は主治医の許可によるので、面会の機会がありませんでした。
今日6日に、電話で私は強く要求したので、金曜日にやっと主治医と会えることが出来、説明を聞くことが出来るようになりました。それまでは、私は家内と会えません。私が透析をしているので、時間的制約があり、なかなかうまく主治医と会う時間が合いません。
これで、家内は3度目の入院で、どれも進んでの入院ではありませんでしたが、これまでのように開放性がないので、それが私の気分を暗くしています。嫌がって暴れた家内のことを思うと、なんとも言えない気分です。

＊和子：とても、ショックです。そこまで、病状が悪化されてたのでしょうか？
鍵のかかる部屋、主治医と会え無いのは仕方無いとして、保護者である夫が面会出来ないのは不思議です。
入院されて、病状が良くなる事を願ってます。

＊邱羞爾：ありがとうございます。私もショックです。ご存知のように、いまだに「服」のことで家内は悩んだままです。これさえ解決できればなぁと思います。

＊純子：お辛いですね。。。でも私は先生は一番いい選択をされたと思っています。奥様の気持ちとしては、病院よりお家に居たかったのかもしれませんが、このまま続けば先生のお身体がもたないと思います。罪悪感をおもちになりませんよう。

＊邱羞爾：ありがとう。金曜日の主治医との面談を待つよりほかにしようがありません。忍の一字です。

＊純子：先生のお話しを聞いてお気持ちが楽になりますように。

＊京子：嫌がって暴れてしまわれた奥様のことを思うと涙が出てきます。鍵のかかる部屋に入れられた奥様のことを思う先生のお気持ちにもなんとお慰めしてよいか言葉が見つかりません。「服」のこと、解決できるよう祈っています。

＊邱羞爾：コメントをありがとう。今が最低の状況だと思いたいです。君のねぎ

らいと好意に感謝します。

・近況

(2019.02.11)

家内は、保護室というマット1つを板の間にじかに敷いた部屋に、病衣1枚を着て閉じ込められています。勝手に出歩くからです。そして近ごろでは妄想が激しくなってきたからです。

家内はこんな最低な環境にいて、自らのプライドも打ち砕かれてしまったので、病状が良くなるとは思えません。食欲も当然ありませんし、自由に着たり食べたりできません。

敢えてこんなことを書くのも、みなさんのごく当たり前のご厚意を、今の家内は受け入れられないことをお伝えするためです。

私はなるべく当たり障りのないことを書いてきましたが、それでは却ってご厚意のある方のご援助やご支援を無にすることになりそうなので、私は辛いですが、今日はここに書きました。ご了承ください。

嬉しいことに多くの方が、私や家内を励ますために援助してくださいました。心から感謝いたします。

まず、美知子さんがメッセージを送ってくれて、ご自分の介護のことを事細かく書いてくれました。私にはとても参考になりました。そして美知子さんの介護のことを知って、私など介護から逃げていて、まだ少しも介護らしきことをしていないのだと反省しました。頑張ろうと思いました。

ノッチャンが、細かい配慮で一番簡便なものをと、味噌汁を30個も贈ってくれました。それはちょうど家内が入院の日であったので、家内は食べることが出来ませんでした。幸い減塩なので、私が頂くことにしました。私が便利に食べています。ありがとう。

昨日、いつもの人がバレンタインのチョコレートを家内に贈ってくれました。気の利いたデザインのチョコでしたが、如上のような状態で、家内は食べることが出来ません。これも私が頂くことになります。いつもの人はこのチョコを1月13日に申し込んでいてくれたのでした。温かい心に感謝します。

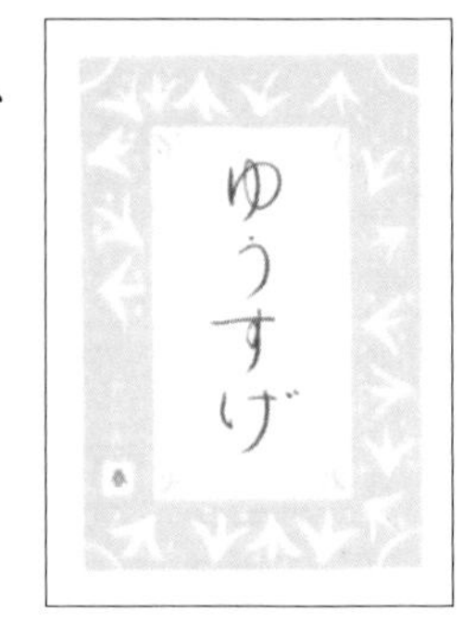

私の予想外に多くの方が、私の本『再生微語』を読んでくれていました。なんと陽子先生までが、最初はパラパラとめくっていただけだったが、興味を惹かれて最初から読み

直していると言ってきてくれた。そして、『ゆうすげ』2019年春号を贈ってくださった。これは道浦母都子氏が主宰する短歌の雑誌です。陽子先生は道浦氏に誘われて入会したそうですが、中には陽子先生が書いた中国の現代女性作家である梅娘（メイニァン、1920 – 2013）に関するエッセーと「満洲再訪」という短歌20首がありました。例えば、「城跡の階（きざはし）に立ちてまなこ閉じ 時戻りゆく旅人となる」「過剰なる季節は無残を内に秘め 散り敷く落ち葉夕焼けに燃ゆ」「幻想を濾過する風の吹き過ぎて星冷ややかに闇を照らせり」などという句には、先生の頭の隅にあったであろう記憶が今見るもの、風景や建物によって呼び起こされると同時に、今現在までの時間の経過によってろ過されて、安っぽい感情を超越してある種の諦念に達したことを感じさせる句になっているように思われた。見たものをそのまま描くほど若くはなくなったことを私は感じた。私は中国の東北は一度通過したことがある程度で、良く知らない。又、短歌も良くわからないが、これらの句から既視感さえ感じて、今の私の心境を補足したのだった。

＊和子：慰めにならないとおもいますが、きっと、奥様は回復されますよ。最近でも、びっくりするほど、ひどい状態で入院された方がびっくりするほど回復されて今入院されてます。私達はそんな人を沢山見てます。ただ、病状が安定しても長期入院になってしまって、十分退院出来るのに出来なくなってしまっている人が沢山いますが。

＊邱羞爾：ありがとうございます。大変力になりました。いつまでも希望を捨てないようにします。

＊ウッチャン：あら、道浦さんの短歌の会ですか。懐かしい名前です。最近は連絡していませんが、また歌を教えてもらいたくなりました。なんてことより先生大変ですね。どうか、先生こそ気をつけて下さいね。

＊邱羞爾：コメントをありがとうございました。私は短歌と俳句を間違えるなどというオオボケなことをしていました。さっそく訂正しました。今の私はとても歌などを詠む心境にありませんが、ウッチャンはもともと歌心のある人でしたから、ぜひまた短歌を作って披露してください。

・近況２

(2019.02.16)

13日に秀行君が、ＣＤと神戸のお菓子を贈ってくれた。送り状には、私の『再生微語』を読んだばかりか、その前の『終生病語』も読んだとあった。そして、自らの「新会員歓迎の辞」を裕正君がＣＤに録音してくれたので、記念に贈るとあった。神戸のお菓子は気の利いたお菓子でおいしいが、私が頂いている。彼は私のＦＢやブログを読んで、送ることを躊躇したが、スペースがあいたのでついでに贈ったのだそうだ。賞味期限が6月までだから良いだろうとの配慮であった。

14日には、クマコさんがわざわざ天理からやって来て、家内の服のことを面倒見てくれた。これが一番有益なことなのだ。彼女は私のために、手羽先と大根を煮たおかずを持って来てくれたし、イチゴジャムも持って来てくれた。おかずの方はさっそく炊いたご飯と共に温めて食べた。さらに、「減塩の塩」というものまで北陸のお土産としてくださった。でも、私としては、詳しくは語らないが、貴重な時間と労力を長いこと惜しまず家内のために費やしてくれたことに、心から感謝した。

同じく14日の夜、塩山正純君が本を贈ってくれた。

塩山正純編『20世紀前半の台湾 植民地政策の動態と知識青年のまなざし』(愛知大学国研叢書 第4期第3冊、あるむ、2019年1月31日、186頁、3,000＋α円)

彼は丁寧な「はじめに」を書いて、この本の成り立ちを書いている。その文章を読むと、彼自身の実直な性格が素直に出ていて、気分が良い。今は、彼の「書院生の台湾旅行の記録に見る〝台北“像」という文章を読んでいる暇がないが、ぜひ読んでみたいと思う。

15日には、昌暲先生がメールをくれて、『再生微語』のみならず、『終生病語』や、その前の『回生晏語』まで読み返してくれたそうだ。私は彼とは言わなくても通ずるものがあって、彼が忙しく仕事しているのに、わざわざ私のためにメールを入れてくれるというその好意を嬉しく思う。それは、私が弱さの池にはまっているのを救い上げるようなものだ。

16日には、裕子さんがわざわざ私と会ってくれた。食事をしながら話をしたのだが、彼女の貴重な医者としての体験と身内の不孝とを話してくれた。私のような患者の家族としての辛さや患者自身の辛さの話もあるが、医者の方にもそれなりの医者としての辛さがある。したがって、お互いのその時の対応がうまくかみ合わないと治療もうまくいかないと言う。いかに合致するかということは、全くの「運」としか思えないから、私は敢えて言った。「良い意味で所詮人間は一人なのだから、決断しなければならない時がありますよね」と。
彼女は一応私の教え子である。中学の時に担任したことがある。クマコさんも秀行君もそうだ。高校の時に担任したことがある。正純君は大学の時、教えたことがある。みな、私よりも年若いが、すでに人生経験としては悲痛な経験をいくつか持って生きてきている。しかも明るい顔をして！　私も、負けずに元気を出さねばならない。彼らはみな優しく、こんな私を応援し援助してくれている。私は本当に感謝の念をじっと持つ。
でも、今日の家内の見舞いでは、来週から始まる本格的な治療に、じっと耐えて頑張れよと言う私に対して、家内本人は「もう地獄だ。おしまいにしてほしい」と言って、向こうをむいてしまうのだった。

＊和子：邱羞爾さんご夫婦には、沢山の方が心配したり気にしたりされていますね。少し羨ましいです。　勿論私も心配している１人ですが。　もし、許される時が来たら、奥様とも会いたいです。私は奥様の事が好きだったのて。

＊邱羞爾：和子さん、コメントをありがとう。貴女もいつも気にして心配してくださるではありませんか。とても嬉しいし感謝しています。いつまでも見守ってください。

・京都マラソン (2019.02.17)

今日17日は恒例の京都マラソンの日だ。もう４年ほどは続いている、銀閣寺道のバス停付近で、森下クリニックのスタッフの応援に、今年も私は行った。今までの12時半から１時半までの時間の応援をやめ、11時15分から１時までと時間を早めた。若い人が２人いるから早そうだし、それにいつも早くて会えなかった人もいるので、今日はそういう人を見過ごさないようにと時間を繰り上げたのだ。
11時15分ごろ銀閣寺道に到着すると、外人が１人走っていた。周りの人に聞くと、彼が先頭から２番なのだそうだ。１番は見過ごしたが、随分早く応援に来たものだ。したがって、走って来る人の中になかなか見知った人に出会わない。ジリジリしていたら、横から声を掛けられた。誰あろう、透析で一緒の、森下クリニックでも一緒になる順司さんだ。彼とはよく意外な所で一緒になる。知らない人ばかり駆けて行くから、こうして知人と一緒になり、応援が楽しくなった。「がんばれ！」などと、足が動かなくなった人やけいれんを起こした人に声を掛ける。この銀閣寺道の折り返し地点からゴールまではほぼ3キロの距離である。上り坂を上がっての折り返し地点だから、苦しいだろうが、回ってしまえば、今度は下り坂だ。「がんばれ！」

12時10分ごろやっと和久君が来た。向こうから見つけてくれて、万歳をしてくれた。念願の人の一人と会えたのだ。

12時半ごろに、紗恵子さんが走って来た。だが、彼女はさっさと走り抜け、私の言う「止まって！」と言う声を無視して行ってしまった。紗恵子さんとはカメラの因縁があって、この前はいざ写真に撮ろうとしたときに、私のカメラが動かなかったことがあったのだ。その前は、私が応援に行くより早く、彼女は走り抜けてしまっていた。とにかく彼女の勇姿を写真に撮ることが出来なかった。

12時40分ごろだったろうか、やっと幹大君が来た。彼は、前回の自分の記録を破ろうとしていたのだ。それで私は早めに来たから、去年と同じぐらいの速さなので、つい文句を言ってしまった。「遅すぎるよッ」と。森下クリニックのスタッフの中では若い男子なのだから、もっと頑張らねば、という気持ちだった。

さらに遅れて、琢馬君がやって来た。彼は前もって、「そんなに早くはないよ」と言っていたので、私も覚悟していたが、それにしても、遅い。そこで、「ちょっと遅いではないか」などと言ってしまった。

走る人たちは、息もあらく、寒さに足がけいれんしがちだ。42点数キロを健気に走り続けている。大変なことだ。ご苦労なことだ。でも、順司さんも言うように、走らぬ者から見ると、羨ましいことなのだ。マラソンをやるとよく魔物に取りつかれて1度では済まなくなると言う。そのように楽しいことなのだろう。ゴールに入る快感は、何物にも代えがたいことであろう。昨日接骨医院で聴いた院長の藤村高弘先生は、ボランティアで、ゴールに控えとして行っていると言う。1万5千人余の人が、ゴールに入るのを見守っているのだそうだ。こういう陰の力の人もいる。

例年、向こうから手を振って明るい顔でやって来てくれる副院長の好美さんを迎えたかったが、ちょうど出遇った智未さんがスマホの位置情報で、まだ鴨川の河川敷を走っていると言う。それではさらに40分ぐらいかかるであろう。やむなく私は帰ることにした。院長の森下浩先生はさらに後だと言う。例年院長の応援までしたことはない。今年も不義理をしよう。私は帰ってお昼を食べようというわけだ。

ついでに、智未さんと、退職してしまった山本さん、それに森下クリニックの患者の人の３人が居合わせたので、記念写真を撮って、今年の応援のおしまいとした。

＊幹大：邱羞爾さん今日は応援ありがとうございました！とても力になりました。
随分長くいてくださったんですね。待たせてすみませんでした😊
実は去年よりタイムを25分ほど縮めたんですよ。去年が遅すぎましたかね。笑
寒い中本当にありがとうございました。来年も走れたら頑張ります！

＊邱羞爾：幹大君、ご苦労様でした。25分も縮めたなんてすごいね。そうとは知らず、大変失礼なことをしました。来年も応援に行くぞ。

＊政信：昼から、コンサートがあるので、午前中パソコンの位置情報で応援してました。幹大さん琢馬さん、森下クリニックのランナーの皆さん、そして寒い中、森下クリニック応援の皆様、お疲れ様でした。

＊弥生：邱羞爾さん、寒い中、スタッフの応援に駆けつけてくださりありがとうございました。
銀閣寺での、その時の状況が眼に浮かびます。（笑）
来年、また私も走りたくなりました。その時には応援よろしくお願いします👍

＊邱羞爾：弥生さん、本当にあなたが走れなくて残念でしたね。来年こそ、走ってください。又、銀閣寺道のところで応援します。

・貴重な本

(2019.02.23)

小川先生から本を贈呈された。
小川利康著『叛徒と隠士 周作人の一九二〇年代』（平凡社、2019年2月20日、398頁、4,500＋円）
これは貴重な本であるとともに豪華な本である。だから、小川先生自ら言うように、「皆様全員に差し上げられない」本なのである。にもかかわらず、私ごときものまで頂いた。光栄である。真剣に読まね

ばならない。
それでも、私は嬉しくて、まず「はしがき」と「あとがき」を読んだ。私の浅薄な知識によると、ハヴロック・エリスを中心に論じた周作人論はほとんどなかったであろう。この本は、「日本留学時代から始まる二十年弱にわたる周作人の文学活動の諸相を論じ」たものであるが、ハヴロック・エリスの性心理学の影響により、周作人が「道徳的虚飾ぬきに人間の実相を解明」しようとしたということが芯にある。これこそがこの本の特徴であり、小川先生の卓見であると思える。
「本国中国では周作人の戦争協力問題ゆえに」まともに周作人を論じることが叶わない。そのなかで、小川先生は昨年2018年の7月7日と8日に「周作人国際学術シンポジウム」を主宰した。小川先生の次の言葉が、その意図と意義とを説明しよう。
「日本に対する周作人の深い理解と愛情を知れば知るほど、日本人たる私たちが周作人を理解することは、日本人という未知の自己を再発見し、中国人という親しい他者を受け入れることにつながると考えてきた。」
このように格調高い周作人論である。それなのに気が引けるが、1つだけ私が蛇足を加えるならば、私は周3兄弟の二男である周作人に、鬱屈したものがあると前々から思っていた。それが何であるかはわからなかったが、私自身が二男であるので、優れた長男である周樹人すなわち魯迅の4歳下の弟の鬱屈が良くわかるような気がしていた。その鬱屈を、小川先生も感じていたのであろう。周作人自身が言う「紳士鬼とごろつき鬼」を、この本では心理面から、「叛徒と隠士」に論証して見事に解明していると思った。

＊利康：ご批評有り難うございました。確かに周作人には兄魯迅に対する鬱屈した思いがあると思います。第4章の三一八事件後、「十字街頭的塔」に触れた第4章の1、ごろつきの真骨頂ですこし触れていますので、いずれご覧いただければ幸いです。

＊邱羞爾：勉強させていただきます。

· **facebook**　(2019.02.25)

二千里外故人の心

今日、友人から手紙をもらった。私の体と家内の病状を問う手紙であった。手紙であるから当然彼とは離れている。その距離が二千里あるかどうか、詳しくは知らないが、私には「二千里外故人の心」と歌った親友元稹に送った白居易の言葉を頂く気持ちになった。手紙で彼は言う、「80歳までに論文1本を書こうと思う」と。これは刺激的だった。論文を書くには集中力と粘りがなければならない。私にはもう論文は書けない。易しい駄文を書くことに慣れてしまったせいもある。資料を集め勉強する精力がもう私にはない。彼が羨ましい。そしてこう書いてくれた彼の手紙は大変私の慰めとなった。

翻って私自身のことを言えば、人様にお話しすることが出来るようなことはなく、相変わらずの病気の話ばかりである。そして、家内は入院しっぱなしである。

家内が京大病院に入院したのは、薬物療法では限界があるから、電気痙攣療法（ECT）を受けてみてはどうかと言われたからである。電気痙攣療法などと、おどろおどろしい名前の療法が、果たして彼女に効果あるものかどうか、私は躊躇した。でも、5万回のうちの1例だけの危険性だとおっしゃる主治医の説明に、私は「賭ける」しかなかった。アンガージュマンと気取って言ってもいい、所詮人生は賭けではないか。

家内は電気痙攣療法をすでに3回受けた。10回は行なう必要があるそうだ。だから、まだ効果はわからない。夜はいまだに保護室にいるが、入院した当初よりは落ち着いている。落ち着いているのか、投げ出してしまったのか、わからない。問題は生きる気力だ。生きて治そうとする気力が出て来るかどうか、だ。今は、「忍」の1字である。

私は友の手紙に返事を書いたが、お恥ずかしいが、今の気持ちとして次のような短歌らしきものを書いた。

○病棟の 上に出で来る 月に問ふ 我が決断は 正しかりしか
○春来んと 思はず見上ぐる 大空に 飛行機雲の 一直線かな
○雲間より 漏れ出づる月の 静けさに 我が身一つの 影に震える

＊格子：胸が締め付けられる思いです。奥様のご快復を心よりお祈り申し上げます。

＊邱羞爾：ありがとうございます。

＊義則：先生、短歌のご紹介ありがとうございます。今年、85歳になる母。

口腔ガンで3度入院し今は一人で犬の世話をする母。両膝が悪く、歩くことが困難な母。

そんな母の趣味である短歌。母に先生の状況とともに短歌を紹介します。

母はきっと喜び生きていく張り合いを持つことでしょう。ありがとうございました。

＊邱羞爾：コメントをありがとうございます。お母さまがまだまだお元気でいらっしゃることを祈念致します。私の拙いものを添削してくださるとありがたいです。

・良いニュース

(2019.02.28)

いつも良くないことばかり書いているからには、良いニュースがあった時には大々的に書くべきだろう。

まず、私の下肢動脈欠陥検査では、右足の方が、私自身の自覚と違って左足より詰まっていたが、今日の京大病院での診察の結果、この程度ならばこれから暖かくなることでもあるから、放っておいても良かろうということになった。またカテーテルで入院などということにならずで、良かった。良いニュースなのだ。もっとも、11時の予約が12時を過ぎての診察になったけれど……。

お昼になってしまったので、病院の外で食事をして、そのまま家内のいる病院の西病棟に見舞いに行った。本館からシャトルバスに乗って行った。家内は昨晩から、保護室ではなく、一般の精神病棟の部屋で過ごすことが出来るようになっていた。それだけ落ち着いてきたということでもある。これは大変良い、嬉しいニュースだ。

帰宅すると、芳恵先生から「斉吉　ばっばの台所」という食事のおかずが4種届いた。この前頂いたのと同様の、東北の気仙沼のおかずである。独り身の食事のお供にさせていただこう。嬉しいニュースだ。

さらに夜、クマコさんから服とズボンが届いた。手作りである。彼女は自分が神経痛で手足が痛くて動けなくなったというのに、家内のためにせっせと急いで、家内の言う「着るべき服がない」という服を作ってくれたのだ。明日持って行ったときに家内が何と言うかわからないのだが、とにかく、こんなに努力してくれたクマコさんに心から感謝した。ものすごく良いニュースではないか。

私は、皆さんの声援や、こうした援助によって、家内も少しずつ落ち着きを取り戻していることをご報告しなければならない。ありがたいことだ。コメントを書いてくださった方々や、直接援助してくださった方々のお蔭で、こうして私及び家内は元気を取り戻しているといえる。ありがとうございます。

＊ドライフラワー：それは、本当によかったですね。一般病棟なら、少しは私物も持ち込めるでしょうし、何よりお見舞いに行かれた時の気持ちの負担が違いますね。まだまだ、どんな日もあるでしょうけれど、一歩ずついい方向に向かうこ

とをお祈りしております。

＊**邱羞爾**：ドライフラワーさん、コメントをありがとうございました。これから一歩一歩進んでいくことを願っています。まだまだ気を許さずに、見舞います。貴女のお話がとても役に立っています。

＊**和子**：邱羞爾さん自身も入院などという事にならず、良かったですね。
そして、奥様も回復なさってるようて、少しホッとしました。

＊**邱羞爾**：和子さん、いつも暖かいコメントをありがとうございます。家内は徐々に落ち着きを取り戻しております。和子さんの声援を伝えます。

＊**良香**：先生、良いニュースありがとうございました。奥様も落ち着かれてよかったです。

＊**邱羞爾**：良香さん、コメントをありがとう。私は君が贈ってくれたサプリメントが効いているのだと思っています。家内は、今は飲んでいませんが、退院したら飲ませようと思っています。そちらの皆さんの調子は良いですか？良香さんの獅子奮迅の活躍で維持しているようでしたから、お伺いいたします。

・**facebook**. (2019.03.10)

一人相撲

この間から確定申告で困惑している。私は「収入」と「所得」の違いがわからなかったのだ。その他、「医療費控除」のための「明細書」の書き方などもちっともわからない。それで、書き損じを何カ所もした。ＰＣで用紙をダウンロードしようとしたところ、うまくいかなかった。やむなく熊野神社の左京税務署に用紙を取りに行こうとした。
その日、良い天気だった。朝の５時に起きて洗濯した。花粉の恐れがあったが、ベランダに干した。朝食の野菜炒めを作り、７時には透析に出掛けた。今日は左腕の２カ所の血が１度で止まったので早く終わった。帰宅したのは、12時45分ごろだった。お昼に「ちゃんこ鍋」を食べた。準備に結構時間がかかったので、食事が終わったのはもう１時半を過ぎていた。慌てて、ベランダの洗濯物を取り込み、家内の見舞い用にリンゴを剝き、おせんべいとほうじ茶を用意してリュックに詰めた。そして、まず銀行に行き、生活費をおろし、バスで左京税務署に行き、用紙を取って来た。ここから家内のいる京大病院西病棟までは不便だ。交差点の西側にある熊野神社のバス停まで歩いてのち、バスで1と駅乗って、また北に向かって歩かねばならない。その時私が考えたのは、ここから病院の本館まで歩いて、本館から西病棟までシャトルバスに乗ればよいではないかということだった。良い考えだと思って、本館まで歩いた。シャトルバスまで時間があったので、4時半に約束していた私のケアマネージャーに、5時に時間を繰り下げてくれるように頼んだ。

私は最近携帯を持つようになった。携帯で連絡したが、「お客様がおかけになった電話は、現在使われていません」とアナウンスされるばかりだ。私は手帳を取り出して何度も番号を確かめ電話をしたが、同じことの繰り返しだった。しばらくしてやっと私は気が付いた。携帯は市外局番から入力しなければいけないのだと。連絡もついたので、最後のシャトルバスに乗って西病棟に行った。

家内の見舞いも済ませ、さて帰ろうとして、メガネのないことに気が付いた。もちろん病室にはない。あるとすれば本館でシャトルバスを待っているとき手帳を取り出して番号を確認した時だろう。西病棟から本館まで歩くのは遠い、シャトルバスはもうないし、おまけに5時の約束の時間も迫っている。そこで、川端通に出てタクシーを拾った。本館に行き、タクシーを待たせて、さっき座っていたソファーを探したが、当然のごとくに、ない。案内係に聞いたところ、忘れ物は向こうの方の文書整理係に行けという。文書整理係では、「メガネの届けはありません」とケンもホロロだ。やむなく、待たせておいたタクシーにまた乗って家に帰った。

5時をちょっとすぎていたから、私のケアマネージャは門のところで待っていた。急いで家に入り、居間に散らかしている確定申告の用紙などを片付け、テーブルも整理して、ケアマネージャーを座らせた。居間のテーブルに、いつもメガネを置く電話器のそばも見たが、メガネはない。台所のテーブルも探したが、もちろんメガネなどない。5時を過ぎていたけれど、銀行に電話をして聞いてみると、うまいことつながったが、メガネはないと言う。左京税務署に電話をしたが、5時を過ぎていればつながらない。もう一度京大病院に電話をしたが、こちらも5時を過ぎていたのでつながらない。あのメガネはレンズを変えたりしてかなりお金も高いものだった。でも諦めざるを得ない。ガックリした気持ちで私は夜を迎えた。

夜寝る前に、私は夜中に足が攣るので、「つむら69」という薬を飲む。この薬をいつもは台所のテーブルに置いておくが、今日はなかなか見つからなかった。そして、ひょいと新聞紙などをどけたら、端っこに薬ではなくメガネがあった。探していたあのメガネがこんなところにあったのだ。なんと私はメガネをしないで、今日の午後の活動をしていたのだ。なんたるバカさ加減だ。とんだ一人相撲だ。
でも、最後に出て来たのだから、私はとても「運」が良いのだと思うようにした。

＊和子：最後まで読み、失礼ながら笑ってしまいました。眼鏡は出てきて良かったですが、とんだ１日でしたね😄

＊邱羞爾：本当にとんだ１日でした。こんな間抜けなのも、少し忙しいせいでもあるでしょう。それからよく寝られないせいもあるでしょう。和子さんはお元気ですね？

＊格子：何かお洒落なグラスコードを付けてはいかがでしょうか？私もよくカードケースを研究室でなくすんですが、首から下げるための紐をつけてから見つけ易くなりました。

＊邱羞爾：ありがとう。老眼の方の眼鏡は紐がついているのですが、眼鏡をするのが嫌でほとんど使っていません。外に出るときに使うのがこの眼鏡なのです。ですから家ではしょっちゅう外してしまうのです。首から下げるのは、邪魔になりませんかね？

＊格子：先生 確かにカードケースのストラップはぶらぶらして邪魔ですね。でも男性の場合は胸ポケットがあるからそこに入れればいいんですね。グラスコードは首の方をつまんで長さ調節できるものもありますから胸のちょっと上あたりにしておけば邪魔にならないかと。外した後もクルクルと巻いておいて先だけ出しておけば、書類の下にあっても見つけ易いでしょうし…。

＊邱羞爾：うーん、ありがとう。でもなんだか気が進まないなぁ。胸のポケットに入れるようにしているのですが、ついテーブルの上に置いてしまうのです。テーブルの上ならば、まだマシですが……。とにかく、格子さんの意見を参考にして、方策を考えます。今はもう寝ます。

＊眞紀子：先生、お久しぶりです❣んてエネルギッシュな一日なんでしょ❣透析

していると人には見えないくらい。眼鏡👓見つかってよかった！大変なのに、奥様にリンゴを剥いてる、、、素敵❣

＊邱羞爾：コメントをありがとう。久しぶりの君のコメントで、嬉しくなりました。ほんと、メガネあってよかった。リンゴなんて毎日剥いて持って行っていますよ。熱いお湯でほうじ茶を入れて、これも毎日持って行っています。そのせいもあって、随分様態が良くなってきました。声援、ありがとう！

＊純子：眞紀子さんのコメント、

＊純子：ええなあ……笑）（途切れてしまいました。）

・忙中閑あり

(2019.03.17)

私の暦では、今日の日曜で忙しかった１週間が終わる。
先週の火曜日には、確定申告を提出した。提出だけだったので、思わぬ時間が空いた。腰と膝が痛いから接骨院に行った。税務署と接骨医院に行ったことになる。月水金は透析だ。この日は、少なくとも午前中はつぶれる。
木曜日には、森下クリニックで造影剤を打ってＣＴを撮った。近ごろ私は血尿が出るのだ。終わってすぐ、純子さんと会って会食した。純子さんにはややこしいことを頼んだので、一緒に食事をすることにしたのだ。ややこしいことを気やすく快く引き受けてくれたお礼の意味もある。彼女は、「御雑魚雑炊」と野菜スープなどのセットをくれた。今独り身の私の食事として、とても助かる。
土曜日は、森下クリニックでの心臓リハビリだ。そして、ＣＴの結果を聞かねばならない。結果は、私には腎臓２つに結石があるのだそうだ。本来なら水分を多量に摂って流し出すのだそうだが、私が透析をしていて水分制限があるから、それができない。放っておくしかないという。リハビリも診察も終わって、急いで帰り、理君と会った。彼とはかれこれ２年近くの会見だ。そこで、一緒に食事をした。久しぶりだった。男同士のせいか、とても愉快に好き放題のことを言って、楽しかった。彼は「すっぽんの煮こごり」をくれた。私の体力回復を願ってのことだ。実は彼の本意は『工芸　青花』11を私に渡すことであった。彼が帰ってから、この豪華な本をパラパラとめくって驚いたが、なんとこの本の１章を、彼が担当していたのだ。彼の実力が認められたからこその仕事だ。すぐ褒めてあげるべきことだった。だが、このことは稿を改めて、いつか書こう。
日曜の今日には、洗濯をしてから智恵さんと会った。1年以上の久しぶりの会見だ。だから当然一緒に食事をした。ランチブッフェだから大したものはなかったが、楽しく食べた。それは勿論互いの話が面白かったからだ。彼女は、いつものルイボスとウーロン茶をくれた。わざわざ台湾で買ったものだから、その心遣いがうれしい。
でも、いつもみな時間を切ってお別れしなければならなかった。というのも、午後2時過ぎに私は家内の見舞いに行くからだ。見舞いには、リンゴを剝いて、おせんべいと、ほうじ茶を小さいポットに入れて持って行く。徐々に元気になってきた家内はお腹が空いてしょうがないと言うからだ。「食い気」が出て来たことはとても喜ばしいことだから、私は喜んで持って行く。今日は、後で気がついたら、我々の結婚記念日だった。52回目となると、もうすっかり忘れて気が付かなかった。
以上のほかに、私にはヘルパーさんがいるので、その時は家にいて、散らかした紙類を片付けたりしなければならないだとか、朝食の準備など、結構些事がある。時間がない。
そんな中、木曜日の森下クリニックで時間待ちをしていたときに、クリニックの本棚に『若冲』という本があるのを見つけた。澤田瞳子著のこの本は2015年に文芸春秋社から出ている。私は若冲の絵が好きだ。それで、ちょっと読んでみた。なんだかごつごつとした文章で読みづらい。下手な文章といってもいい。でもその第1章に当たる「鳴鶴」を読み進んだとき、その圧倒的な盛り上がりを見せる構成の妙に感じ入った。わくわくした。そういう意味で、見事な気配りの文章だ。私は如上のような具合で、忙しい。時間がない。本なんか読んでいる暇はない。でも、この本を読みたいと思った。そこで、無理を言ってこの本を借りだした。
その夜1時まで読んだ。透析にも持って行ってそこで読もうとした。でもこれはダメだった。片手しか動かせないので頁を繰ることができないからだ。それに目が悪くなっているから、漢字が読みづらい。ルビなんかまるで読めない。そして、358頁もあるから、まだ全部読み終わっていない。
私はどちらかというと音楽がダメだから、絵の方が少しわかるという気でいた。若冲の絵も京都の相国寺まで行って「動植綵絵」の一部を見たことがある。その生命力の強さに感じて、ある人の病気見舞いに絵葉書を買って渡したことさえある。この絵のみなぎる生命力を感じて、元気になってくださいという思いからであった。この私の意はその人には通じなかったのだが。
でも、澤田瞳子が描く若冲の絵は、まるでそんな単純なものとは違って、背後にある作者若冲の情念と、当時の人々の時代に動く動静を読み取っているのだ。だから、画家の生きざまと、人とのつながりと、生きるとはどういうことかが捕らえられていると思った。この小説は、いわゆる「絆」なるものが、他者を恨み憎悪することの上に成り立つということを、見事に展開して見せていた。私はその深さに魅せられた。ごつごつした文体は、江戸時代を表すには良いかもしれないが、読みづらい。さらに京言葉で書かれているから、独特の雰囲気を現出している。でもそれらは、安直な話と違う苦渋に満ちた人生を描くのにふさわしいのだった。
忙しいからこそ、時間を捻出することができる。いつか閑ができたら読もうなどと言っていたら、いつまでも読めない。私の傍らにはどれだけの読みたい本が積み重ねられていることか。忙中だからこそ閑があるのだ。

＊眞紀子：この頃、夜宿泊して眠っている間に透析をしてくれる病院があるって、テレビで言ってました。探してみる価値ありそう❣どうかしら？

＊邱羞爾：おぅ、私も見たよ。でも、そういうことをするシステムがあるかどうかが問題なのだ。

＊眞紀子：京都で宿泊透析をしている所を検索したよ。参考に☺
http://www.okamuraiin.jp/

＊邱羞爾：ありがとう。でも、ここは私のところから遠すぎる。却って時間のロスになる。その他利便性も考えないとまずいからね。

＊眞紀子：OK 🙆他も探してみようっと✌

＊邱羞爾：ありがとう。私もあのテレビを見たが、私には合わないと思った。今のシステムで構わないと思っている。10年もしたらもっと良い方法が見つかるかもしれないけれど、今のところにやっと慣れだしたところだから、このまま続けるつもりです。

＊金モリ：奥様に『食い気』生きる力が戻ってきた、とのご報告に安堵しました。先生も何か溌剌としたご様子でこちらまで心が少し軽くなる気がします。元気で何不自由ない僕の方が閑がないと言い訳して読書もサボりがちです。特に最近は

amazonのお陰？で新幹線でもiPadでビデオを見ているもんですから、ますます本を読むことが疎かになっています。忙中にも閑を作って、じっくり本を読む習慣を取り戻さなければと、大いに反省しました。さすが幾つになられても恩師の背中は大きいです。感謝！！

＊邱羞爾：コメントをありがとう。なんと言っても食べなくてはね。昨日の結婚記念日を忘れたから、今日は和菓子を買って行った。でも、第９回目のＥＣＴ治療の日で、部屋に戻ってから１時間は飲まず食わずでいなければならなかった。それで、もう午後５時近くになったので（６時が夕飯）、おはぎを１つ食べただけだった。君のような忙しさは私とは比べようもないだろうから、そんなに反省することはないよ。むしろ週末の山登りに、こちらは感心している。精一杯頑張ってください。

＊京子：奥様、徐々に元気になってこられたのですね。嬉しいお知らせです。本当に本当に嬉しいです。

＊邱羞爾：ありがとう。君が来た時からもう２年も経つのかな？だいぶ良くはなりましたが、まだまだです。

・**facebook**　(2019.03.19)

本を買った

私は本を買うなんてことはめったになくなった。大量にたまった本を断捨離している身にとっては、今や本は買いそろえるものではなくなったのだ。

その私が今日は本を買って、著者にサインしてもらった。その本は次のような題名の本だ。

石田彰作・藤村高弘・鍵谷勤共著『よくわかる 東洋理学療法のはたらき――関節と筋肉を整えれば痛みは治る』（ケイ・ディー・ネオブック、2006年7月20日、78頁、1,365円（税込））

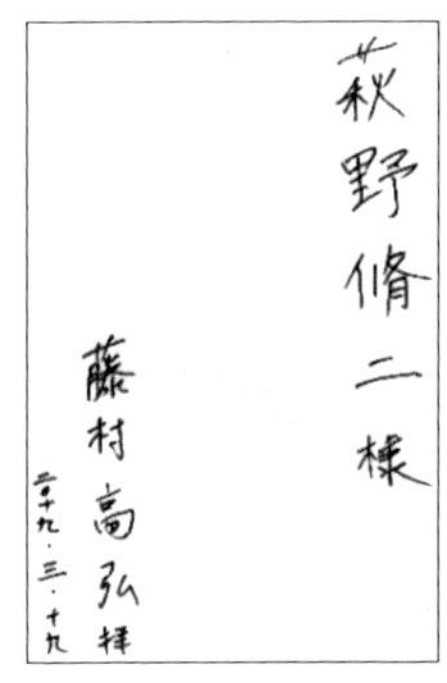

これは、私が通っている整骨医院の先生が参加して書いた本だ。「あとがき」によれば、京大名誉教授の鍵谷先生が腰が痛くなって、町内の藤村接骨院に通い、1か月ほどの治療で治ったそうだ。その縁で、高弘先生も本の製作に参加したらしい。
鍵谷先生は京大工学部の先生で、自らの経験から癌の治療と予防の医学を研究する「医工学」に携わっていたらしい。それで、カイロプラクチックや牽引療法などの手技療法、鍼灸療法、電気療法、電磁波療法の生理作用や治療メカニズム、ひっくるめて「東洋理学療法」を解説する本を出すことになったようだ。
その際、モットーとしたのは「患者の目線で書く」ということだった。それ故、学者研究者ではない、実践者である高弘先生が参加することになったようだ。だから、例えば、人間の全身の骨格が206個の骨からできているということを、全身・手足・椎骨・椎間板の4つに分けてわかりやすく説明している。複雑なことを平易にわかりやすく解説しているのがこの本の最大の特徴だ。だから、文章は淡々と簡潔に書かれていて、読みやすい。そして第1章に当たる「生理編」など図版も多くて、わかりやすい。
私は腰と膝が痛いから、じっくり読んで「痛みを治す」ようにしよう。
高弘先生は、京都で行なわれる各種のマラソン（京都マラソンや車椅子競争など）にも関与していて、選手がゴールに入ったときや途中での痙攣対策として、接骨医として待機されている。ボランティアの「お仕事」である。そんな先生に常日頃から敬意を持っていたが、本まで書いていらっしゃることには一層敬意が増すものである。

・理君の文章

(2019.03.22)

理君が『工芸 青花』11（新潮社、2019年2月25日、190頁）を持って来てくれたから、彼が書いた文章を読んだ。

驚いたことに、今回は、彼は2か所に書いている。1カ所は、いつものように、「精華抄」という章に、「根来折敷（ねごろおしき）」という短い文章を書いている。この文章が良い。
〝「あっ、いいねえ」思わず口をついて出た。こんなに味のいい根来折敷に今まで出会ったことがない。……〟で始まる出だしから良い。気分が乗っていて、それが人を引き

付ける。だから、〝いい骨董は色っぽい〟とまで言う。そして、この根来折敷を〝温かく柔らかな色気〟のある女性にたとえ、〝ああお金が欲しい、と思うのはこんな時である〟と言う。そんな時が、実によくわかる。

骨董愛好家という肩書を持つ彼にふさわしい名文だと私は思う。

もう１カ所は、５章に当たる「骨董と私」という文章である。Ｓさんの説明によれば、〝この特集は奈良在住の収集家、理さんの収集品を紹介しつつ、理さんの骨董随筆を掲載します。「美術史」と「骨董」の差（熱量差）が良くわかります。…〟とある。

この様に１章分を担当しているから、117 頁と 119〜125 頁にわたって９枚の写真まである。それらの写真はすべて彼が集めた骨董の写真であるから、個々の骨董についての説明となるのが、彼の文章、名付けて「藤末鎌初（とうまつれんしょ）」である。

１頁３段に組まれて７頁余の長い文章であるから、私はここで詳細に紹介するのはやめにしよう。特筆すべきは、この豪華な本が特集まで組んだ彼の骨董における実績である。彼自らは、〝かくれもなき貧数寄（びんすき）の私〟と卑下しているが、長年にわたる趣味の蓄積が、世間では〝奈良の収集家〟〝骨董愛好家〟という位置を占めるようになったのである。私はこのことを大いに褒めたいと思う。

人はだれでも、歳と共に、我は何のために生きるのか、我が生命は何の役に立つのかと、危惧する気分が深くなるものだ。まして、金銭に直接結びつく趣味に入り上げていれば、その不安と疑問が可視的に切迫するに違いない。だが、ここまで来たら、持続しなければならない。そうわかっていても、常に心底に寂寥の感が漂うに違いない。この寂寥感が往々にして謙遜となり、卑下となる。

彼の「藤末鎌初」の文章は、さすがに客観性を保とうとして緊張感がみなぎっている。奈良大学教授の関根俊一「和製金剛杵の製作年代に関する試論」を引用して、従来時代画期を単純に藤末すなわち藤原時代末期と、鎌初すなわち鎌倉時代初期に分けていたが、金剛杵や金剛鈴などの経塚出土遺品には、時代を引き上げる可能性もあることを引き出している。こうして、自分が持つ骨董「金剛五鈷杵」が

平安末時代のものであることを説明している。見事な論証であると言っても良いだろう。私が気に入った個所は、シンキンという「三種の神器」の一つを買うところである。シンキンすなわち紫紙金字経（ししきんじきょう）は125頁に写真があるが、実に格調高く素晴らしい。これなら彼が無理をしてでも購入した気持ちがわかる。
彼は骨董屋の方には「理想」があるが、客の方にも「理想」がある。だから、品物を見るだけでなく、店の美意識も見ていると言う。こういう彼の実践から得た知見があちこちにちりばめられている文章を、私は心楽しく読んだ。

＊ガマサン：先生　お久しぶりです。　ずいぶんご無沙汰してしまいました。
こちらのブログも久しぶりに拝見しました。
理さんとは同じ小学校、（自分のことは棚に上げて）幼いころの姿が思い浮かびます。
高校の頃は、テスト前でも陸上部で走っていた理さんの姿、雨の中を走っていた理さんの姿がなぜか生き生きと思い浮かびます。
そして熟年になってから、同窓会での再会、人の縁って不思議です。
さて、私の父、医者に一人暮らしはもう無理ではと言われ、今年二月に私の住む木更津の近くのホームに連れてきました。本当にこれでよかったのか、父にとって本当によいことなのか、と思いつつ、過ごしています。
二か月近くたち、ようやく落ち着いてきました。父もですが、私の生活も。保護者の気分です。こんなことを言うと、父は怒るとは思いますが。
先生に御本のお礼も申し上げず、失礼してしまいました。申し訳ありません。
桜もそろそろ、お身体を大切に、自分に優しくお過ごしください。

＊邱羞爾：ガマサン、忙しいのにコメントをありがとう。君は大変な時を過ごしていたんだね。私は、君や理君みたいな人がいるから元気です。もうじき新学期ですね。気分を新たにして頑張ってください。

・**facebook**　(2019.03.24)

＊原田修：21日に知り合いの先生が近在の教会で開催されたミニコンサートの感想を書きましたが、どうも送信ミスのようでした。まだ慣れませんが、よろしくお願いします。

＊邱羞爾：先生、コーラスにご活躍だそうで嬉しい限りです。確かに何事も後ろ

向きではなく、前向きに思考すべきですね。ありがとうございました。

＊修：このところコーラス漬けですね……、きょうは地元のボランティア団体への出演。明日から一週間は古文書関係の勉強会が３回続きます。頭がうまく切り替わりますか……。

・嬉しい贈り物 (2019.03.24)

今朝ポストを見ると、次のような本が入っていた。
中里見敬編著『〝春水〟手稿と日中の文学交流——周作人、謝冰心、濱一衛』（花書院、2019年3月15日、255頁、3,000＋α円）。
これは、2018年2月6日に九州大学で開かれた国際シンポジウムで発表された論文のうち13編が収録された本である。この本の最初の「序」の部分に私の挨拶文が載せられている。だから、とても嬉しい本なのである。
でも、正直言うと、少々気恥ずかしい本ともいえる。それは、このシンポジウムに本来なら私も勇んで参加すべきであったのに、そのころは大変私の体調が悪く、論文など書けなかった。それで、ご辞退申し上げたのだが、少しのものでも良いから書くようにと中里見先生はお誘いくださった。それで、やや中途半端な論を挨拶文のつもりで、期日までに提出したものだったからである。
しかし、主催者の中里見敬先生は、その私の文章を良しとして、本当に「あいさつ」文として予稿集の巻頭に掲げてくださった。中里見先生の好意ある優しい配慮に心から感謝するものである。それが今、こうして1冊の本にまでまとめられ、世間に出される事態にまで至った。私の文章が1冊の本の中に取り上げられることなどもうないであろうから、中里見先生のご厚意とご尽力に、心から感謝するものである。
それはともかく、この本の初めに掲載されている6葉の写真は、謝冰心の「春水」の手稿そのものを、まざまざと我々に知らしめるものであり、さらに周作人自らの「題記」なども含めて、その場で手に触れるような臨場感あふれる貴重なものだ。敢えて言えば、この写真だけでも、手元において損はない貴重な本であると言えよう。
また、中里見先生の論文「九州大学附属図書館濱文庫所蔵の〝春水〟手稿」（5～27頁）を読めば、先生の発見の喜びと、先人の日中文化交流に対する敬愛の様がよくわかる（濱一衛のほか、周豊一、目加田誠、小川環樹という諸先生の写真もある）。そして、中里見先生も言うように、ここに取り上げられた13編の論文は、貴重な資料の紹介や新たな研究の視点の提出もある、力作ぞろいの珠玉の論文だ。
そういう論文が集められたこの本は、実に嬉しい、良い本である。

＊敬：先生、序文を賜り、ありがとうございます。先生が序文で本質をぎゅっとつかむように書かれていることを、佐藤普美子先生の論文が精緻に分析しているように感じます。また、先生がおっしゃるように、口絵の写真は二人の直筆の実物を見るようです。本当にありがとうございました。

・**facebook.** (2019.03.26)

木瓜（ぼけ）の花

木瓜が今年も咲いた。何の手入れもしていないのに、けなげに同じように咲く花を見ていると、不思議と安心感が兆（きざ）す。
自然はいいものだ。でも、木々にとっては人の手になる手入れが必要なのではないか。人が剪定した花の方が見事な盛りを見せるのではないかとも思う。私は不精によって手入れをしないから、はなはだしくは水さえやらないから、時には枯れてしまうことさえある。そういう人の手のはいらぬ逆境を跳ねのけて、自然と咲いた花には、凛とした気品とあでやかさがあるような気がする。
年度末である。この年度に成し遂げた仕事を紀要などに書いた論文を送ってくれる人がいる。好並晶君がそうであり、牧野格子さんもそうである。晶君は少し横道に外れた文章だと謙遜しているが、それもまた大きな成長の一環であろう。格子さんのは、アメリカでの在外研究の成果でもある。大いに興趣がそそられる文章だが、いかんせん、まだ読んでいる暇がない。今年度中に読まなくても、私は構わないと思うので、必ず読むから待っていてほしい。
今日は、なんと、ノッチャンから「うちのおみそ汁」3種60箱が届いた。前回頂いたものがまだ余っているけれど、これは簡便でおいしいから、私はちょびちょび食べている。きっと家内の体調がよくなってきたので、そのお祝いに、2人で飲めとくださったのであろう。ありがたく頂くことにした。

＊格子：恐れ入ります。さっきメッセンジャーに送りました件、ご容赦いただき

ますようお願い申し上げます。

・facebook. (2019.03.29)

＊修：きょう午前は古文書の「楽学会」（楽しく学ぶ会）に参加、故石川道子さん編集のテキストは初心者学習生にとっては、至れり尽くせりのもの。今日の文書は、医師が自分の患者の名跡を継がすため、生前の約束により妻を離縁、「相違無御座候」と御役人中と患者一家中へ申し出た、というもの。明和三年ですから1766年、このころの中国ではありえた故事でしょうか……。

＊邱羞爾：先生、私には何のことかよくわかりません。

＊邱羞爾：中国では、「紅楼夢」の作者とされる曹雪芹が亡くなったころですね（1763年）としか言いようがありません。日本では、このころ一揆が多かったようですが、それと何か関係あるのでしょうか？

＊修：あまり一揆とは関係ないでしょうね、「家」の問題でしょうか、

・facebook. (2019.04.02)

４月になった

早いもので、４月になった。桜も咲いている。このところ寒の戻りで、真冬並みの寒さだが、桜は却って我慢して咲き続けている。私が毎日見舞いに行く京大付属病院の西病棟の出入り口にある櫻が7，８割がたの咲き方だ。出口から西を見ると鴨川があり、その堤の桜が５．６分に咲いているのが遥かに望める。
桜は人の心をどういうわけか捕らえて落ち着かなくさせる。そこで、私も桜を撮りに「哲学の道」をのぞき見して見たが、どうも平凡な気がして、止めにした。そして、今こそ記念になる病院の西病棟の桜を撮ることにした。

私の持っているカメラはご存知の人は多いと思うがちゃんとしたカメラでなく、セロテープで補修を施してあるほどのちゃちなカメラだ。でも結構撮れるから、私はこの小さな奴で構わない。どうせ私はカメラアイなどがわからないのだから。

写真は私にとっては記念になればいい。
１枚目は、京大附属病院西病との出入り口の脇に咲く桜の写真だ。今日は急に晴れたり曇って雨がぱらついたりした。その晴れ間の写真だ。
２枚目は西病棟の出口から遥かに鴨川縁を望んだ写真だ。真ん中に見えるのがその櫻で、川端通を越えて植わっている櫻なのだ。鴨川縁ではレンギョウなどが黄色く咲いている。白いのは何だったか名前を忘れた。

西病棟の出口から川端通を経て鴨川の堤の桜を望む。 左手前はキャンパス内の桜、右手前は雪柳の白い花

こんな桜や花に関心を持っていられるのも、ご心配をおかけした家内の病状が良くなってきたからだ。皆様にお礼とご報告を申し上げる次第だ。

・ツバメ

(2019.04.06)

チイチイと２羽の鳥が絡み合って飛んでいくのを見て、あぁツバメだと思わずつぶやいた。そう言えば桜はほぼ満開だし、ツバメがいても不思議はない。これから巣作りに励むことだろう。白川辺りでは水面の虫をとらえんとツバメが数羽飛び回っているに違いない。そう思って、バスから見たら、「哲学の道」の入口の桜が、私の目には満開に見えた。人もいっぱいだ。よっぽど降りて写真を撮ろうかと思ったが、誰でも撮るし、私はもう先日桜を撮ったばかりだからと、無理に欲求を抑え込んで撮らないことにした。
午後、鴨川の堤で桜を見物した。こんな穏やかな天気の下で、ほぼ満開の桜を見るのは初めてだろう。桜は、今日でこそ暖かになったがここ数日の寒さで、まだ散らないで咲いているのだ。はらはらとしず心なく散るのを見ると、こちらは何となく落ち着きが無くなる。そのように散ってこそ桜だという人もいるけれど、一度は満開の桜を心行くまで見たいものじゃないか。
今日は、まれに見る好天だ。４月下旬から５月の陽気だという。桜の下では、缶ビールを何本も空けて笑いさんざめく若者のグループがいるかと思えば、２，３人でゴザの上で食事しているグループ、女性ばかりのグループと、にぎやかだ。外国人も多いが、欧米人の多くはサイクリングで鴨川縁を駆け回っている。東南アジア系は、まず腰かけ、それから桜を背景に人物をこそ写す。欧米人が桜をこそ写すのとは対照的な気がした。
空にはトンビが舞い、カラスも、ハトも、スズメも桜にやって来る。名も知らぬスズメほどの大きさの鳥も枝を飛び回る。鴨川には、サギがやって来て首を伸ばす。
午後３時過ぎの一時（いっとき）、このような風のない穏やかな一日を過ごしたのは、初めてのことだろう。昨夜から今朝にかけて田辺聖子の『残花亭日暦』を読んだ。カモカのおっちゃんの介護が重く一日の暮らしを占めて来るうちに、作者・おせいさんの戦闘姿が際立って、私には感ずるところがあって面白かった。初めは有名人ばかりの登場で面白くなかったのに、いわば徹夜の形で読了した。

＊陽：今年は満開の桜が見られない私にはとても嬉しい記事でした。色々なところで花見をしても、やはり鴨川堤の桜が一番好きだと感じます。

＊邱羞爾：いつ日本にお帰りになるのですか？

＊陽：基本的には一年後になります。

＊純子：『残花亭日暦』、田辺聖子ファンの私は随分前に読んだ懐かしい本です。何度も読み返しました。連載当初は看護日記になるとは思ってなかったのに、途中からおっちゃんの具合が悪くなり、夫婦愛いっぱいの内容になったようです。ここまでできるのはやっぱりお金の力かな～と思ったことがありました。

＊邱羞爾：本当に、おせいさんの稼ぐ力は凄いですね。なん百人の前で講演するなんて……。それだけ前に努力したということですね。

＊和子：残花亭日歴、読んでみます。　徹夜で読むぐらいの本ならば。

＊邱羞爾：だんだんおもしろくなるのですよ。

＊純子：いいね！

・facebook. (2019.04.16)

晴耕雨読

晴耕雨読なんて言ったって、畑があるわけではない。それに「春の３日の晴れ無し」という奴で、なかなか晴れが続かない。昨日やっと晴れて、しかもしばらく続くようなことを言っていたので、門から玄関までの道にはみ出している枝葉を切った。
これから新緑のときで、新しい草木が生えるというのに、余計な枝葉とはいえ切り取るのは勇気がいる。私には「お前はそんな風にグズグズしているからダメなんだ」という声が聞こえたような気がして、頑張ってまだ柔らかそうな若い葉っぱを切った。剪定というのは、その木本来の能を伸ばすためにやるものなのだ。でも、腰がとたんに痛くなってしまった。草取りも枝葉刈りも、私にはすぐ腰に来るので、長くはやっていられない。
雨読の方は、このごろ日本の小説を読んでいるので、結構読んだ。当たり前のことだが、本を寝ながら読むよりは、威儀を正して読んだ方が能率が良い。それよりも目に良い。どうも、ベッドで寝る前に読むと、すぐ眠くなってしまうし、目が疲れる。字がぼうっとして良く見えない。ハズキメガネの宣伝ではないが、もう少し大きな活字を使ってほしいものだと思う。
本は、偶然に澤田瞳子『若冲』を読んだのが始まりだった。『満つる月の如し——仏師・定朝』『秋萩の散る』と、澤田瞳子さんがすっかり気に入って次々と読んだ。というのも、彼女は私の二男と小学校の同級生であったから、そしてお母さんの澤田ふじ子さんが家の前を通るのを見たことがあったから、なんとなく親近感が湧いてきた。そして、その読みの深さに感じ入ってしまった。人生の洞察力の深さと言った方が良いだろう。それで、誰彼となく、『若冲』を読めと勧めている。
これまた偶然に、田辺聖子『残花亭日暦』を読んだのがきっかけで、『田辺聖子全集』５巻と９巻を、今、借り出して来て読んでいる。偶然というのは、病床の家内の時間つぶしのために字の大きな本を選ぼうと、古本屋で選んだうちの１冊がこの本だったのだ。田辺聖子なんて「カモカのおっちゃん」シリーズで知っていたぐらいで、どちらかと言えば軽視していた。それが「感傷旅行（センチメンタル・ジャーニィ）」などを読んで、なかなかのものだとすっかり感心してしまった。なんと言っても面白い。36歳で芥川賞を取ったというから、1960年代半ばのことだ。そのころから顕著になる大衆小説の流行、というか週刊誌の流行にのっとった小説の幕開けのような気がして、彼女の鋭さと、そして偉大さ（文化功労章や文化勲章をとった）に感心した。とにかくすごい量の作品を書いているではないか。認識を新たにしたとはまさにこのことであった。

私は「うたかた」なども好きだが、「篝火草（シクラメン）の窓」が好きだ。窓際に置いたシクラメンを通勤電車から見て、わざわざ白い色にしたらどうかと言ってくる男などと作為丸出しの作品であるが、68歳の男と64歳の女のかかわりが、私には実にスムーズに伝わって来た。田辺聖子の作品の男女はまるで私とかかわりがないが、それでいて１つの世界を構成して、男と女の哀切な生き方を知らしめる。人生の孤独と言ってもいいのかもしれない。彼女の言う「戦闘の姿」が人生なのだ。
自己弁明のために付け加えておくが、私は小説ばかりではなく、論文だって読んだ。中里見敬編『〝春水〟手稿と日中の文化交流――周作人、謝冰心、濱一衛』の中の論文８篇を読んだ（中里見敬、小川利康、佐藤普美子、牧野格子、濱田麻矢、宮本めぐみ、岩崎菜子、廣萍）。どれも新しい資料の発掘があり、研究を進めるものであって、感心した。

＊和子：残花亭日暦を昨日借りてきて、読んでます。まだ、最初の方ですか。
田辺聖子さんの本は何冊か読んだ事があります。読みやすい文章で私なんかでもスラスラ読む事ができるので好きです。ちなみに、一時期古典にハマった時、わかりやすく読める田辺聖子の源氏物語を読みました。私なんかでも、読めました。☺

＊邱羞爾：素晴らしいですね。田辺聖子は、作品を「ぼく」を主人公にしたから書けたと言っていました。男のことを知り、客観性を持ったから、女のことを書いても面白いのでしょうね。

＊修：近在の図書館で調べたら、沢田瞳子「若冲」は貸し出し中、田辺聖子「残花亭日歴」は予約OKでした。

＊邱羞爾：『若冲』はなかなか人気があるようです。私にはとても面白かったです。『残花亭日暦』は終わりの方がよかったです。

＊Keiichi：私は仕事の合間に、友人の土地で畑を無償で借していただき、去年は玉ねぎ、空芯菜、じゃがいも、ブロッコリーなど収穫しました！　今年は忙しくて既に玉ねぎは間に合わず（･･;)　いま種イモ植えたばかりです^_^

＊邱羞爾：それは素晴らしい。君がそんなことをしていたなんて初耳だ。見直したよ。ぜひそれを続けてください。

＊Keiichi：遵命！

＊美知子：お誕生日おめでとうございます💐健康には十分ご留意ください。

＊邱羞爾：きれいな花のお祝いをありがとうございます。

＊眞紀子：先生、ごめん💦出遅れたぁ。Happy Birthday💝 先生、林良樹さんよりちょっと先輩だったの？同じくらいと思ってた。今年と同じように来年も桜を元気な気持ちで楽しめるように❣お祈りします。

＊邱羞爾：そうだよ。君の好きだった林先生みたいないい男が早く亡くなって、私は馬齢を重ねているよ。

＊眞紀子：うわぁ💦先生、いじけた言葉！アカンアカン、こんなに美しい世界を感じれるんだもん、辛いこともあるけど、、喜んでね。前にも言ったかもしれないけど、先生の笑顔の時の目は超愛らしくて、まつ毛が印象的なんだからね。これは高校の時から思ってた。

＊邱羞爾：うれしいね。そう言ってもらえば、生甲斐もあるというもんだ！

＊Kiyo：お誕生日おめでとうございます🎁💐毎日介護とご自分のお体のことで大変だと思います遠くから心配するだけで申し訳ありません

＊邱羞爾：ありがとうございます。「心配」してくださるだけでも、嬉しいです。

＊正昭：お誕生日おめでとうございます。78才ですか！萩野家の最長記録ですね。

＊邱羞爾：ありがとうございます。今、図書館に行って3月26日の夕刊を確か

めてきましたが、やはり関西（京都）には載っていなかったです。家内は病床で、『これからの本の話をしよう』を読了しましたよ。

＊Tamon：おめでとうございます。

＊邱羞爾：ありがとうございます。

＊和子：お誕生日おめでとうございます🎁

＊邱羞爾：ありがとうございます。やれやれです。

＊義則：先生、お誕生日おめでとうございます。ご著書をいただき、そして年賀状をいただきながら何のお返しもせずに失礼しています。申し訳ありません。それでも先生と奥様のこれからの人生が実りの多いものであるように心よりお祈り申し上げます。

＊篤子：脩二さん、お誕生日おめでとうございます✨ どうぞお体に気をつけてお過ごしください。またお目にかかれる日を楽しみにしています。

＊邱羞爾：ありがとう。久しぶりですね。

＊三由紀：お誕生日おめでとうございます。先生と澤田瞳子さんのご縁を知り、ますますこの作家が好きになりました。

＊邱羞爾：ありがとうございます。「ご縁」と言っても、澤田さんは何も知らないと思います。先生がこの作家を好きだとは、嬉しい限りです。

＊京子：いいね！

＊格子：先生！お誕生日おめでとうございます！

＊邱羞爾：ありがとう。

＊Yoshie：誕生日おめでとうございます。御身体に留意され、お過ごしください。

＊邱羞爾：ありがとう。相変わらず元気にやっていますか？

＊Yoshie：先生、おかげさまで、南の海を楽しんでいます。

＊政信：🎂🎂🎂 お誕生日おめでとうございます 🎂🎂🎂
エッセイ楽しく拝見してま～す。機会があれば、リハ又ご一緒しましょ！

＊邱羞爾：ありがとうございます。再会を楽しみにしています。

＊慶市：先生、お誕生日おめでとうございます。色々大変ですが、どうかお体大切に。

＊邱羞爾：ありがとうございます。先生こそ、お体に気をつけてください。

＊Shigemi：お誕生日おめでとうございます。

＊邱羞爾：ありがとう。君は土日に頑張っているなぁ。とても素晴らしいことだ。

＊Keiichi：誕生日おめでとうございます🎉🎉🎉

＊邱羞爾：ありがとう。君の酒量は少しは減りましたか？

＊Keiichi：総量は減ってます（^◇^;)

・facebook. (2019.04.27)

血尿

私は３月２日ごろから血尿が出だしたので、14 日に造影剤を打って腎臓のCT検査をした。その結果、両方の腎臓に結石があると言われた。これは、水分を十分とって押し流すしか手がないが、それができないとなれば、仕方なくそのまま放っておいて様子を見るしかないと言われた。幸い、その後しばらく、尿の色もおさまっていた。
ところがなんと、私の誕生日の4月17日から、また色のついた尿が出るようになった。茶色でドロドロと垂れると言った形容が適するような尿になった。そして、出にくい。20日には、リハビリの後の採尿で、まるで濃いコーヒーのような色の尿が出た。この尿には白血球も混じっているとのことで、抗生物質の薬を出してもらった。ちょっとおさまっていたところが、薬が切れたせいだろうか、25日には赤ワインのような色の尿が出た。そして、26日, 27日と茶色のコーヒーのような尿が出ている。
我が名医は、「本来ならば水をたくさん飲んで石を出すべきところ、透析で水分制限があるから、熱がないならば、このまま放っておくしかない」とおっしゃる。だから、薬もない。こう言われるのは2度目だが、私はなぜかホッとした。茶色の尿は気持ち悪いが、だからと言ってすぐ死ぬわけでもないのだ。ジタバタせずにしばらく様子を見よう。そうでもしなければ、今日から10連休だと騒いでいる世の中では、火急な時に駆け込む病院がないのだから、やっていけない。
腰を落ち着けて見渡せば、サクラも終わり、三条通りのハナミズキもピンクや白ときれいだ。また、丸太町通りの天理教の垣根のツツジも白やピンクに赤と咲き誇っていて華やかだ。と同時に、鴨川の川べりの堤もすっかり新緑に覆われて、実にすがすがしい。

・**facebook**. (2019.04.28)

＊修：「残花亭日歴」読了、今朝図書館に返却。亭が邸でなかってよかった。伊丹市立中央図書館に彼女のコーナーがあり、伊丹在住の方とは存じていましたが、武庫之荘に近い一角にお住まいかと勝手に考えながら読んでいました。変な土地勘がかえって邪魔した読後感となりました。

＊邱羞爾：私は後半の介護になってからのところに感じ入りました。

・**facebook**. (2019.05.04)

私の休日

世の中では、もう連休も終盤になってしまったというが、私にとっては金曜の透析が終わるとやっと解放された気分になる。いつものごとく、土日は休息の日だ。
ただ、今日は中国では、「五四運動」100周年の記念の日だが、日本では「みどりの日」とやらで休みなので、土曜日の心臓リハビリがお休みだ。それで、休みだという実感が濃い。
さらに、さる女性とひと時を過ごすことができたので、「休日」を楽しんでいる。彼女は自動車でやって来て、私を食事に運び、図書館に運び、病院の見舞いにも私を運んでくれた。良い休日を過ごすことができたのだ。
良い休日と言えば、この10連休の間にも、あった。まず、家内が2泊3日の外泊許可をもらって家に帰ってきたことだ。それに併せて、2人の息子も家に泊まりに来て手伝いをしてくれた。彼らに言わせれば、「母の日のプレゼント」なのだそうだ。
長男は、プロムナードの木々の枝葉をバッサリ切ってくれて、大きなごみ袋3つも作った。その他、埃っぽいのとベタベタすると言って、床をモップで拭き清めた。
二男は、衣服や生地の入った段ボールを屋根裏に4箱も運んだ。その他、風呂洗いや食器洗いなどいちいち書かないが、日頃私ができないことをやってくれたというわけで、親孝行の息子たちである。
孫については、家内が小さな子供の相手をする気力がまだないので、2人とも連れてこなかった。連休なのに親父がいないことはその家には不便なことで、文句があろう。だから、どちらもお嫁さんの許可があっての実家帰りなのであった。
5月2日には家内も子供2人もそれぞれ戻ってしまい、今は私一人でのんびりしている。良い連休であったのだと感じているが、ただ血尿だけが相変わらず続いているのが気になる。

＊Yumiko：「連休なのに親父がいないことはその家には不便なことで……」ここを読んで、目頭があつくなりました。先生はいつでも周囲の人に配慮なさっているんですね……私が同じ立場なら、絶対にこうは言えないと思います。

＊邱羞爾：ありがとうございます。でも、そんなに大したことではなく、我が家の伝統として恐妻家であるにすぎません。

＊京子：この上ない母の日の贈り物ですね。こちらまで嬉しくなります。奥さまに外泊許可が出たことほっとしました。

＊邱羞爾：ありがとうございます。そちらの皆さんはお元気ですか？

＊京子：はい。元気です。先週福島さんと駒場公園に遊びに行きましたよ。久し

ぶりにたくさんお喋りしました。

・**facebook.** (2019.05.09)

退院

今日５月９日午後、家内は退院しました。皆様のご配慮に心から感謝いたします。ありがとうございました。
もっとも、これで完全に良いというわけではなく、再発が出ないように、徐々に生活に慣れて行かねばなりません。まだまだ油断できない日が続きますが、入院のときや、一時帰宅の時に比べれば、格段に良くなっております。
今日で２年間の治療生活に一応締め切りをつけることができました。皆様に心から感謝するとともに、ご報告をさせていただきます。

＊**政信**：邱羞爾さん、奥さんの退院、おめでとうございます。ひと安心ですね！

＊**邱羞爾**：ありがとうございます。ひと安心ですが、まだまだ気が許せません。今後ともよろしく。

＊**Shigemi**：先生、おめでとうございます。何よりの朗報です。お二人の健やかなることを心よりお祈りします。

＊**邱羞爾**：ありがとう。君の応援にいつも力づけられました。

＊**ノッチャン**：先生、良かったですねー❤ 奥様のご退院おめでとうございます。とはいえ、お二人の生活は中々大変なこともあるでしょうから、無理をされませんように。本当に良かったです☺

＊**邱羞爾**：ノッチャン、ありがとう。君にも随分お世話になりました。今も、味噌汁を食べています。

＊**ノッチャン**：先生　フリーズドライのお味噌汁、もう無くなりそうなんじゃないですか？　あれは、急ぐ時にとても楽なので、家でも常備してるんですよ❣

＊篤子：仁子さんの退院おめでとうございます✨回復に向かっているようで何よりです🌈　脩二さんもどうぞ引き継ぎご自愛ください。

＊邱羞爾：あっちゃん、ありがとう。京都に来た時に、迎えられるといいのですが……。

＊Tamon：一安心でしょうね‼　穏やかな日々を過ごされますように……。

＊邱羞爾：ありがとうございます。まだまだ油断はできませんが、確かに「一安心」です。そちらはいかがですか？

＊Tamon：ご心配をいただき感謝！　低空飛行が続きますが、なんとか透析を免れています。いつまでもつやら……。

＊邱羞爾：私の経験から言えば、絶対に透析は避けるべきです。　頑張れ！

＊和子：退院おめでとうございます。良くなられて良かったですね。　私も嬉しいです。

＊邱羞爾：ありがとうございます。いろいろご心配をおかけしました。　再発しないように、これからも注意深く過ごします。

＊正昭：朗報です。

＊邱羞爾：ありがとうございます。最近のご活躍をFBで見て、嬉しく思っています。

＊京子：とても嬉しいお知らせです！また奥さまにお会いできる日を楽しみにしております。

＊邱羞爾：ありがとう。君には随分心配をかけたねえ。まだ油断できないので、ゆ

るゆるやっていきます。

・facebook.　(2019.05.12)

奇遇

今日も京都は暑かった。一昨日と昨日は30.5度、今日も30度は超えているだろう。その暑さの中、緑の岡崎公園に、家内と二人で出かけた。まず、府立図書館に行き、本を借り出した。そのあと、せっかくだからと細見美術館に出掛けた。「若冲と祈りの美」展が開いていたのだ。久しぶりの二人そろっての外出だ。

中に入ると、まず「花鳥図押絵貼屏風」と「鶏図押絵貼屏風」などがずらりと並んでいる。6曲1双の屏風で、墨汁で描かれたニワトリなどが尻尾を持ち上げる独特の姿勢で目に入る。宮崎筠圃の「賛」が半面の3曲にズラリと書き並べられている。若冲の絵は、その生きる生命力の強さが魅力的だ。その強さが墨だけの色で表わされている。色のない屏風の生地に墨黒々と描かれていて、力強い。

でも、私は第二展示室に入って、「糸瓜群虫図」の色のついた絵にあった時、ホッとした。落ち着いた色で、派手派手しくない、大きな糸瓜に合計11匹のムシが、普段ならば一緒に群がるはずはないのに、あちこち群がっているのだ。このリアリズムでない構想のユニークさが却ってごく自然の景色として目に入った。糸瓜そのものを描こうとした図ではない。糸瓜を中心とした一つの世界が描かれており、もともと騒がしく煩わしそうなムシなどが、ここに群がっているので、却って安静と平穏な世界を現出している。この構想力に感じ入った。

また、若冲の弟子たちの絵というものを初めて見た。若演の「釣り瓶に鶏図」とか「遊鶏図押絵貼屏風」である。なるほど鶏たちの尾羽が跳ね上がって天を向いている。師たる若冲の絵そっくりだ。でも、違うのは目だった。目が生きていないのだ。やはり、本物は違うということをまざまざと見せつけられるような気がした。

さて、第三展示室に行こうとしたとき、「先生ッ！」と声かけられた。なんと幽苑さんだった。一瞬誰だかわからず、逡巡してしまった。もう何年も会っていない。家内の個展の時に、わざわざ京都まで来て字を書いてもらうというお世話になった。神戸での幽苑さんの個展を二人で見に行ったことがあったが、あの時以来だろうか。今日は初めて、退院後の家内の外出だ。府立図書館と細見美術館が割と近くだ。もともと寄るつもりのなかった美術館で、若冲をやっていたので、寄ってみる気になったのだ。家内の健康状態を気にしながらの見学だった。それなのに、顔見知りの人に会うなんて、まったくの奇遇だ。
でも考えてみれば、美術館で水墨画の幽苑さんに会うのは、奇遇ではなく、ごく当たり前のことだったのだろう。嬉しい遭遇であった。しばらく話をし、幽苑さんのお母様のご逝去をお悔やみ申し上げたりしたが、外へ出て一緒にお茶でも飲みながらというわけにはいかなかった。家内のことを気にしながら、そそくさと私たちは細見美術館を出てしまった。幽苑さんに失礼したが、彼女のことだから、我々の無礼を許してくれるであろう。

＊修：暑い京都であっても先生の筆致は爽やかです。退院されたばかりの奥様との若冲展ご見学とはさすが京都と感嘆、お大事になさってください。

＊邱羞爾：ありがとうございます。徐々にやっていくことにいたします。

＊幽苑：今日は偶然に先生と奥様にお目にかかれ、良い一日でした。無鄰菴で管理をしている造園業者の女性と長く話し、ランチをどこで食べようかと迷い、細見美術館の近くを探しました。途中、「つえや」の前を通り、以前先生がつえの事でfacebook に書き込まれたのを思い出していました。結局、以前行ったことのあるカフェでゆっくり休んでから、細見美術館に行きました。たまたまエレベーターの事で奥様とお話しされている声が耳に入らなければ、お会いすることもなかったでしょう。奥様にもお会い出来て、本当に嬉しかったです。急な気温の上昇で、身体に堪えます。くれぐれもご自愛ください。

＊邱羞爾：ありがとうございました。お元気そうなお姿を拝見してうれしく思いました。又、どこかで会いましょうね。

· **facebook.** (2019.05.17)

好意

私はとてもうれしく思うのだが、こんな私に対して、それぞれのご好意を寄せてくれる人がいる。数え上げればきりがないが、つい最近の人だけも次のような人がいる。
まず、特筆大書すべきはむつ子さんだろう。私が透析の間に聞いていられるようにと

「ウオークマン」を贈ってくれたのだ。これは助かる。私は透析の間、TVを見ているが、やはり少しは違った分野の録音も聞いてみたいからだ。むつ子さんは、自分のところに2つあるから、1つを送るのだと言ってくれたが、それにしても、このご好意には感激し、図々しく頂くことにした。

13日には、絵ハガキが届いた。根津美術館にある尾形光琳の絵ハガキだ。かの有名な「燕子花図」(左隻)がやや横長の絵ハガキになっている。ガマさんからの贈り物だ。彼女は初めて根津美樹館に、例の連休に行ってきたそうだ。日頃のお父様の介護というか応接に、いささか倦怠していて、美術館は良い息抜きになったという。そんな時、私のことを思い浮かべて絵ハガキを買うなんて、実に嬉しいことではないか。

上の段は、ワンちゃんからの鎌倉の大佛の御守。下の段は、ガマさんからの絵ハガキ。

16日には、ワンちゃんがお守りを贈ってくれた。家内にもと計2つも。ワンちゃんは鎌倉に行ったそうで、鎌倉大佛殿(高徳院)の「身代御守」を買ってくれたのだ。もともとワンちゃんとは会う話をしていたのだが、双方の都合が悪く、会っていない。不義理をしているのだが、それにもかかわらず私と家内のことを気にしてくれたのだ。感激である。

17日には、九州の大先生がメールをくれた。彼は、私のFBを1月から5月12日まで一気に読んでくれたそうだ。忙しいのに、私のゴタゴタいう世迷言を、このように読んでくれるというだけでも、心から感謝する。そして、家内の退院の祝いを述べてくれる。読んで、コメントを言ってくれることは本当にうれしいことだ。この単純なことにどんなに情とエネルギーがつぎ込まれていることか、私にはよくわかり、ありがたいと思う。こういう情を友情というのだろうが、友情は往来を尊しとする。往来があってこそ成立するものだ。彼は、詩を作って添付してくれた。ただ私には、それを理解し，何かをコメントするほどのエネルギーがない。

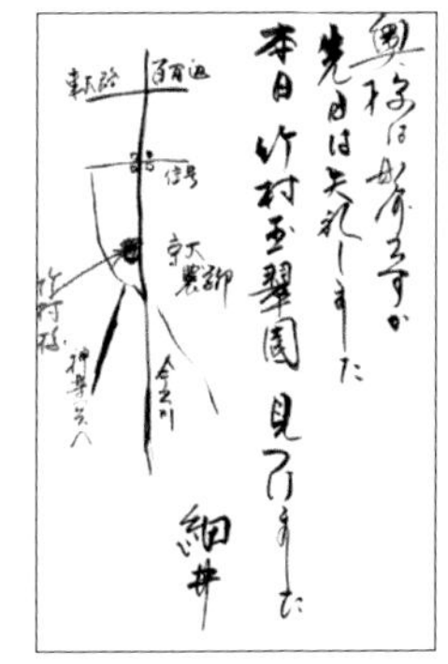
先日は失礼しました
本日 竹村玉翠園 見つけました
細井

柏屋さんからのメモ。

さらに今日、近所の柏屋さんの奥さんが、私が尋ねていたお茶屋の地図を持って来てくれた。もともと私がいつも買っていたお茶屋の玉翠園が店を引っ越ししたので、どこかご存知ないかと奥さんに尋ねたのだった。すると奥さんは、すぐさま調べて私のポストにメモを入れてくれた。ただ、それは玉翠園の自宅であった。奥さんはいつも立派な墨の字で書いてくる。それで私は、気おくれがして返事をすぐしなかった。気にしながらも機会を失ってきまり悪い気がしていた。そんなところへ、今日、店の場所がわかったと、わざわざメモを入れてくれたのだ。私はそれで、救われた。なんというご好意であろうか。感謝感激である。

・facebook. (2019.05.18)

勉強

４月のある日、新聞に商品の広告のビラと違う１通の案内が入っていた。「第８回京都大学薬用植物園見学会のお知らせ」というものであった。こんなものが広告のビラと共に入っているなんて、実に変わっている。なんでも京都大学の薬学部には薬用植物園があって、それを一般の人に開放するというのだ。私は変わっているものが割と好きだから、早速その珍しい催しにメールで申し込んだ。５月 18 日（土）の午後２時の部にだ。

折り返しメールで許可が出たので、今日 18 日心臓リハビリをし、昼食をそそくさと食べて、出かけた。今にも雨が降り出しそうな空の下、幸い終わるまで雨が降らなかったのだが、まず初めは薬学部本部の２階の講堂で挨拶と説明があった。

２階の講堂で、２時まで待っていると、学部長が学会出張で留守なので事務長が代わりに簡単な挨拶があった。そのあと、薬学研究科の伊藤美千穂准教授の説明と注意事項とがあった。私には、久しぶりに大教室でマイクを持って講義する先生の授業を聴いているような気になった。

150 人ばかりいる参加者を２組に分けて、いよいよ外の薬用植物園に行くことになった。私はこのところひどく腰が痛く、杖を突きつつのろのろと歩いたので遅れた。するとすでにひと組の人びとの真ん中に立って説明している伊藤先生の声がした。私は伊藤先生の説明に従って、以後次々とされる薬用植物の説明を聴いたが、実にわかりやすく、丁寧で具体的で面白かった。漢方薬で使われる薬草の話だったが、その説明はいちいちここには書かない。ただ、話の進め方は、時には質問を参加者に投げかけたり、参加者に葉をむしり口に含むことを促したりする。ユーモアにも富んで、説得力のある話だった。その軽快な話しを聴いて、私は久しぶりに勉強した感じになった。

2019年5月18日(土) 10時00分～、14時00分～
9:30～ 受付
10:00～11:30 見学会（午前の部）
14:00～15:30 見学会（午後の部）
メールアドレス：
Webフォーム URL：
7）電話番号、8）メールアドレス
2019年5月7日（火）必着

・facebook.　(2019.05.21)

贈り物

いろんな人から頂く贈り物に対して、メールのある人にはメールでお礼を言っているし、ハガキで言う場合もある。時には電話でお礼を言っている。その場合、どうしても「ありがとうございます」という言葉でしかない。たくさんのことごとが胸に浮かび上がるけれど、どれもうつろに響いてしまうので、ありきたりではあるが、この言葉一言で済ますことが多い。
それにしても、このたび頂いたクマコさんからの贈り物には参った。7種類もの自作の煮物と、自作の服を送っていただいた。7種類の煮物と言ったが正確には、6種類と1つである。その1つというのが、病にさいなまれているご主人が作った「小玉ねぎ」である。なんでもご主人は病に負けまいと農作業に励んで病と闘っているのだそうだ。そしてこの度、めでたく収穫に至った。例年と同じ様な見事な「小玉ねぎ」である。今、私はそれを指示に従って網に入れて物干しざおに引っ掛けて干している。土から出たばかりの水分を吹き飛ばすためだ。
その他の煮物も、頭の下がることなのだ。鶏のレバーの煮物など、私が腰が痛く、その原因の一つに鉄分の不足があるのかもしれないということで、わざわざレバーを煮て送ってくれたからだ。
さらに、家内用に服を作ってくれた。ブラウスにズボン（今はパンツというらしい）合計7着もだ。もともと彼女は好意から、家内の服を作ってくれることになっていて、1着はすでに作っていただいている。その際、サイズを図るために家内が入院しているところまで来てくれた。これだけでも感謝感激である上に、彼女は家に帰ってからリュウマチの症状が出て、腕が痛くなり、余計な労力をかけるのは避けねばならない状態になってしまった。にもかかわらず、家内が退院したので、そのお祝いとして急いでさらに服を作ってくれた次第だ。家内のうつ病の1つに「服がない」ということがあった。それで長いこと思ったのだが、その病原を幾らかでも和らげようと、自分の体に鞭打って作ってくれたのだ。彼女は「鞭打って」などいないと言うだろうが、私の恐縮する気持ちからすれば、そういう苦心の作と思い、ただただ感謝あるのみなのである。

・杉本先生の文章

(2019.05.22)

いつものように、私が書くことが無くて困っているときに、杉本先生はユニークな文章を送ってくださる。今回の文章は、内容が重いせいか、いつもの軽みというものがないように感じられるが、独特の視点からする考察には感心し、引き込まれざるを得ない。

先生はいつまでも若い。その秘密はきっと文章にあるに違いない。社会への関心を常に持ちつつ、それを平板に把握するのではなく、自らの体験と絡めて内なる声を絞り出すところに秘訣があろう。一口に体験と言っても、体験を自家薬籠中の物にするには、教養と知識の蓄積がなければならない。すなわち、先生の知識と教養の豊富さには感嘆せざるを得ない。

〜〜〜〜〜〜〜〜〜〜〜〜〜〜〜

人口七十億の星　　**杉　本　達　夫**

何年も前のことになる。たまたま読んだ堺屋太一のある短編小説に小さな衝撃を受けた。話の山場がいまだ時おり頭に蘇る。

当時、日本の人口は増加の一途で、このままでは深刻な事態に至ると心配されていた。人口が爆発すれば、食糧、エネルギー、住宅、教育、どの分野をとっても国家は対応できなくて、日本は崩壊の危機にさらされるのである。そういう潜在する危機を背景に、物語は進行する。

――人口増大を押しとどめるべく、政府はひそかに対策に乗り出す。そこで極秘に決まったのが、成人男子を対象に、本人が気づかぬうちに断種させてしまうこと、つまり、子種をなくしてしまうことだった。その手段は放射能を使うことで、役所の密命を帯びたある青年が、新宿地下街の壁の一か所に、ちょうど成人男子の腰の高さの位置に、放射能放射装置を埋め込む。放射能は強力で、男子がその前を一度通れば、精子ができなくなるのである。中高生も難は免れない。地下街を通る男子の数は、国の人口からすれば、砂場の一つまみに過ぎない。だが毎日それが重なると、子種は減り続け、次第に人口増加が抑制される。もちろん、子宝に恵まれぬ夫婦の嘆きは、国家の関知するところではない。

装置が地下街の壁のどこにあるか、知っているのは、埋めた青年一人である。青年は危ない地下街に近づかない。だがある夜、上司に誘われて酒を飲み、酔った上司がもう一軒行こうと、青年を地下街に引っ張り込む。必死の抵抗もむなしく、青年は引きずられて、その装置の前を通ってしまう——

この小説が書かれた当時、日本の人口管理部門は将来に、どのような展望を描いていたのだろう。今日の深刻な少子化は予測できていたのだろうか。人がごった返す東京にいて、わたしは少子化の明日を想像もしなかった。小説が虚構だと信じているから、平気で新宿地下街を歩いた。いま日本人口は減少に転じたとはいえ、1億2千万を越えている。老人が増えて、人口構成が逆三角形になる社会は、何とも不安定で、その中で生きる不安が右肩上がりに増えるだろう。自然の勢いとして、移民の受け入れ、外国人の移住受け入れが始まるに違いない。老人問題は深刻である。年金であれ健保であれ、老人が適度に消えてくれるから成り立つのに、医学の進歩のせいで、いつまでも消えてくれない。わたしだって消えるのは嫌だ。
間違いだらけの数字だといけないのだけれど、この小説の当時、世界人口は40億に達していたのではなかったか。地球の資源がいつまでもつか、食糧がいつまで人口を維持できるか等が、世界規模の難題になっていたように記憶する。それが今では73億人に増えている。(そのうち7200万人が難民である。すなわち地上の100人に一人が難民ということになる)。そして30年後には、100億人に近づくと推定されているそうだ。
現在の73億人中、中国とインドだけで27億人、すなわち4割近くを占める。インドはつい最近まで8億だと思っていたのに、あっという間に13億を越え、中国に肉薄している。中国を越えるのは時間の問題だろう。
かつて中国人口は4億人だと考えられてきた。「狭い日本にゃ住み飽きた。支那にゃ四億の民が待つ」などと歌って中国に渡り、侵略の先棒を担いだ大陸ゴロがずいぶんといたはずであるが、この4億という数字は清末の調査による推計であって、あまり信用できないという。人民共和国建国時に5億4千万と推定された人口は、その後飛躍的に増えてゆく。　経済学者馬寅初の人口論は排斥された。核戦争を戦い抜く最大の戦略資源として、人口は増え続けて、文革中の74年には9億人に達していたそうだ。激増した人口が親になってゆくのであるから、放置すれば由々しき事態になる。改革開放の時代に入って、世に名高い一人っ子政策が実施されるが、始まりの時、厳格に一人に制限しても、2015年までは人口が増え続けると推定されていた。現在は13億8千万だそうだが、2000年ころの調査の際、実際は15億いると言っている人もいた。まさかと思いつつ聞いたが。

今はどうか知らないが、一人っ子政策の始まりのころは、結婚するには職場の許可が必要だった。許可を得て結婚すれば、家族制度の名残が色濃い社会では、当然ながら子どもの誕生が期待される。たとえ一人っ子でも、一時に集中すれば、人口分布に偏りが生じる。だからそこは計画的でなくてはなるまい。それに関連して、思い出したことがある。

1980年の春節のころ、団体旅行の途次、重慶北部のあるガラス工場を見学した。雲が厚くてたださえ薄暗い空の下、工場内部は灯火が暗く、ガラスを溶かす炎が盛んに光を放っていた。工員は女性が半ばを越えているようだった。見学を終えて外に出ると、正門近くに大きな掲示板があり、そこに人名がずらりと並んでいる。なにかと思えば、「ことし妊娠してよい人」のリストで、子作りを認可された女工さんの名前が書きだされているのだった。さし当り避妊しなくていいよ、というお墨付きである。誰がどう審査しているのかは知らないが、党の管理下の決定には違いない。工場で働いていれば、ごまかしようがないが、規制を逃れて二人目を生もうとする夫婦はいくらでもいる。たしか莫言の長編『蛙』には、二人目を生もうとする女の苦心と、違反を取り締まり、断固中絶させようとする保健婦のむごい職務とが書かれていた。日陰で生まれた子は、正規に登録できない。「ヘイレン（黒人）」すなわち闇の人口となる。闇の人口は、無登録であるから集計できないが、その数は相当に多いらしい。2000年ころの新聞に、ある地域が洪水に襲われて、被災者に救援物資が届けられたのだが、受取に現れた住民の数が、地域に住むはずの人数をはるかに越えており、闇の人口の多さが露呈した、と報道されていた。子どもは闇のままでは法的保護を受けないし、学校へも上がれない。農村戸籍の夫婦が都会へ出稼ぎに来れば、ここで生まれた子供はやはり農村戸籍であって、就学その他が難しい、という問題も含めて、近代化が進めば進むほど、子どもを巡る社会問題が大きくなった。今ではすでに政策的に解決策が講じられているはずである。

一人っ子同士が結婚して一人っ子を生む。生まれた子には両親と4人の祖父母がつく。中国はすでに超老人社会であって、人口構成は極端な逆三角形である。経済力が世界の横綱になっても、足もとが危うい。だいいち、若者が不足しては、産業分野ばかりか、軍事力にも翳りがでるではないか。というわけで人口政策が見直されて、2人まで生んでよいことになったが、この先人口はどのように推移するだろう。

人口がどう増減しようと、人口政策がどう変わろうと、個人個人は生きねばならない。飯を食い、暮らしを立てねばならない。73億人は1日にどれほどの食糧を食い、どれほどの水を飲み、どれほどのエネルギーを消費しているのだろう。人口40億のころすでに、農業生産が40億の口を養えるかどうか心配されていた。73億のいま、食品浪費国日本にあって、わたしは飢餓なく生きているが、食の供給はこの先も73億を賄えるのだろうか。生産力は有限である。100億になった時の食糧事情となると、もう想像できない。温暖化も進み、地球環境も悪化して、人は何億も何十億も、食なく水なく死んでゆくのではあるまいか。

かつて『トゥリフィード』というイギリスのSF小説があった（作者名、訳者名は忘れている）。食品生産の限界を案じた人間社会は、新たに食用の樹木を作り、その葉を食用にしている。トゥリフィードと呼ばれるその木は、三叉に分かれた根を地に張り、幹から蔓のような枝が垂れている。原子炉を積んだ人工衛星が衝突して、妖しい光が人々の目を射た夜、トゥリフィードが突然、根を地表に抜き出してピョンピョン跳び、枝を鞭のように揮って人間に襲いかかる……という話だった。現実に戻れば、先般、中国の人工衛星が月の裏側に着陸した。月面で何をするのか、何ができるのかは知らないが、空気なく水なく寒冷の天空で、食用植物を生産するなど、ありえない話だろう。

地上の事情は厳しくなるばかりである。個人と個人、地域と地域、国と国が食を巡って対立し抗争し、科学技術の進化がその抗争を激化させ、核兵器までいじくりまわして、人類が自滅の道をあえぎあえぎ走るのではないかと、老いたる胸は不安にふさがる。

講談本によれば、猿飛佐助が戸沢白雲斎から忍術を伝授される際、白雲斎は佐助に梅干しのような塊を与え、これ一粒が一日の食糧だという。小さな一粒に一日の猛特訓に耐えるだけの養分が含まれているのである（なお、佐助と白雲斎の出会いの場面は、中国の古典、司馬遷の手になる『史記』に記された、張良の伝記をそっくり頂戴している。パクリは日本が先駆けている）。忍者食である。いまなら宇宙食がこれに当たるだろう。こんな魔法のような食品が、もしも安価に大量生産できるなら、世界の危機は半ばが消える。だが乏しい化学知識からしても、そんなうまい話があるはずがない。

日本はともかく、世界の人口は増え続ける。堺屋の小説に現れた放射能装置を、人口激増諸国が、密かに密かに採用する日が来るだろうか。まさかまさか、やめてくれ！！

老いの錯乱、ひとり酒を飲みながら、そんなことを考える。

　　秋暑し人口七十億の星

寒月や難民七千二百万

2019.3.2.

・私の違和感 (2019.05.25)

今日 14 日目で夏場所の優勝が決まった。朝乃山という幕内 8 枚目の平幕が優勝をさらった。朝乃山は白星が重なったので、次々と上位力士と組み合わせさせられたが、それを打破しての優勝だった。よくやったと思うと同時に、竜電や明生などとともに新しい世代が育ってきたなと思った。

私は東京の本所の生まれだから、相撲が好きだ。私の子どものころはまだ両国の国技館がなく、蔵前の国技館だった。

私は痩せて貧弱な体ではあったが、小学生時代は、休み時間にはすぐ走って体育館に行って、相撲をとっていた。そして、ラジオで相撲中継を聴いたものだ。

さて、そのころの相撲は、大事なことは「体（たい）があるかないか」であった。私の記憶では「相撲に勝って勝負に負けた」という言葉があったけれど、また「勇み足」という決まり手があったけれど、今のようにどちらが先に出たかとか、手をついたかなどということにこだわらなかった。相手の体がすでに土俵を越えて飛んでいるのに、ビデオあるいは写真を見て、こちらも転んで手をついたから、こちらが負けだなどということはなかった。相撲の流れが大事であり、勝負を決するのはタイがあるかなのであった。そのタイがあるかどうかを見極めるのがプロの目というものであった。

例えば、夏場所の 13 日目の栃ノ心と朝乃山の勝負では、栃ノ心の左足が大きく土俵を越えていればともかく、流れとして左足の踵が俵を越えたかどうかなどは、問題にならないはずだ。明らかに朝乃山のタイがないではないか。この勝負は、物言いがついて、最も近くで見ていた親方の意見が通って、行司差し違えとなって栃ノ心が負けたが、最も近くの親方の意見を採用したことはいいことだと思う。しかし、その意見が踝が俵を越えたかどうかなどを問題にしていたことに、私はおかしいと思う。そんなことは問題ではないではないか。明らかに勝負は栃ノ心が勝っていたのだ。朝乃山にタイがなかったのだから。こう見るのがプロの意見ではないだろうか。ビデオなどを見て、どっちが先に手を着いたかとか、どっちが先に足が出たかなどを判断するのは、プロの見識ではなかろう。何の為に審査員などがいるのだ。

プロ野球でも、私はビデオ判定に違和感を持っている。私が見ていると結構審判員の判定がひっくり返っている。私はそれが阪神ならば大いに喜んだりするが、それなら審判員が罰せられるのだろうか。今のところ、そういうことがないのが救いだが、私はせっかく審判員を決めたのだから、その決定に従うものではなかろうかと思う。それはプロの見識を尊重するからだ。プロはプロで尊重されるように、自らのスキルを磨かねばならない。自らの努力を無にして、機器に頼るあり方に私は違和感を抱いている。

・facebook. (2019.05.30)

ランの花

ランの花が咲いた。私はただ窓辺に置いておくだけで水やりもしなかった。それでも、冬の寒さにも負けず、枯れずに今年も花咲いた。強い生命力にびっくりする。これは、ヒーコーが私の本の出版記念として贈ってくれたものだ。何年前になるだろう。１鉢だけではない。

少なくとも３鉢は頂いたものだ。そういう由緒があるので、殊の外愛着がある。こんなにほったらかしにしても、けなげに時期になれば花開くということに感心する。そして贈ってくれた友情を想うと、心が温まる。もっとも、贈ってくれた本人は、そんな花を贈ったことすら忘れているであろうけれど。

ヒトのことを思いやって適切に物を贈ってくれるといえば、ノッチャンもうれしいことに気を使ってくれて、「うちのおみそ汁」を減塩と普通との両方を贈ってくれた。家内の退院祝いとのことだ。

今、私はハーブティーを飲んでいる。木曜日には「要支援２」の私には、ヘルパーさんが来る。彼女の仕事が終わると、私は一緒にお茶を飲んでちょっとばかり話をする。その時、ついでなので私と同じハーブティーを出す。これは、トコが贈ってくれたものだ。はるか遠くのドイツからの贈り物だ。独特の香りをかぎながら、かつてのトコ、遠くのトコを想い描く。

時には、ルイボスを飲むこともある。これも独特の香りと味だ。ルイボスはFengfengがくれたものだ。彼女は会うたびにルイボスをくれる。この頃私は勉強していないからFengfengと会っていない。そろそろルイボスもなくなったことだし、彼女と会いたいものだ。それには少しでも私は勉強しなければならない。

・facebook. (2019.05.29)

＊邱羞爾：暫くアップできませんでした。

・未央柳

(2019.06.04)

今年も未央柳の黄色い花が咲いた。アジサイも咲く準備をしている。6月になった。

私にとっては長い5月だった。29日から急に左の腰から尻、太腿、膝にかけて痛くなった。痛くてたまらず寝ていられない。たまらないので、昨日の6月3日に整形外科に行って、ブロック注射をしてもらった。私は脊柱管狭窄症・すべり症だが、ヘルニアだとも言われた。注射をした時はとてもよく効いた。

ところが今日6月4日、左腰から足が痛くてたまらなくなった。6月4日はいわゆる「天安門事件」の30周年の日であるが、私にとっては、京都までわざわざ寄ってくれた5人の友に会うことの方が重要であった。

彼らと祇園の「総本家 奥丹」で会ったのだが、大変な人で、タクシーが店の近くまで行かなかった。やむなく三年坂から二年坂を上った。お目当ての店の前でみんなと会えた。彼らは、滋賀の仏像を見て回ったのだそうだ。彼らは白洲正子や司馬遼太郎などの本を読んで下調べをして寺を回ったそうだ。そして、滋賀まで来たからには京都にいる私に会おうではないかと、わざわざ京都で昼食を摂ることにしたのだ。

彼らは高校の同窓生である。同じように、いや、私以上にそれぞれが体の不調を負っている。癌だ、心臓病だと、緑内障から怪我まで数々の病気がある。そして奥さんの身も必ずしも万全ではない。私と同じ年齢か1つ上なのだから、いやはやよく生きていると言えるくらいだ。だから、私に会うことは言ってみれば同窓会のようなもので、これからそう何回も会うことがないであろうことを各自が感じる、しみじみとした会であったのだが、それだからこそ、彼らが見た十一面観音の話など愉快な話を言い合っ

て、しばしの時を過ごした。

・私の疑問

(2019.06.05)

また高齢者の自動車事故が起こった。その原因の多くが、ブレーキとアクセルの踏み間違いから起きている。そして、反射神経が鈍くなった高齢者の免許返納の声が大きくなっている。確かに運転者の責任が問われるべきである。特に死傷者を出している場合など、救われぬ被害者のことを想うと、憎むべき運転者だと思ってしまう。

でも、私は運転者の責任ばかりではないような気がする。こんなにアクセルとブレーキの踏み間違いが起きているのに、どうして自動車の構造が問題にならないのかと思う。これが私の疑問だ。

アクセルとブレーキが同じようなところにペダルがあるのがおかしいのだと思う。アクセルを手動式に変えるとか、他の場所に移すとかすべきなのだ。アクセルとブレーキの位置を離すべきなのだ。私は高齢であることが問題なのではなく、自動車会社の作る構造自体に問題があると思う。自動車会社はもっと反省して問題を重大視して考えるべきではないか。責任の多くは自動車会社にこそあると私は思っている。

高齢者が多くなっている。そういう人々に免許証を返納させるべきではなく、そういう人が使うのが自動車なのではないか。どんなに高齢者にとって自動車が便利であるか、高齢者である私にはよくわかる。高齢者であるからこそ、自動車が必要なのだ。私はそう思う。今や自動運転の時代ではないか。高齢者でも間違いなく運転できるように構造を変えるべきなのだ。

＊義則：先生、私も構造的になんとかする方がいいと思います。
今のアクセルとブレーキの配置は昔、クラッチがあった時のまま。
もしかしたら今もミッション車を生産するからかもしれませんが、オートマ車はアクセルとブレーキの位置をもう少し離すわけにはいかないのでしょうか？あるいは、テレビで紹介されていたのですが、アクセルを急激に踏むと、電気的にアクセルを無効にする装置がありましたがあれを設置するように政府主導でできないものでしょうか？と考えています。

＊邱羞爾：義則先生、コメントをありがとうございました。詳しいことはわからないのですが、これだけ同じ様な事故が起きるのですから、構造的なことを考えるべきでしょう。自動車会社の怠慢だと私は思います。賛成してくださってうれ

しいです。

＊**義則**：先生、調べたら色々動きはあるようです。
https://www.sankei.com/.../news/190604/afr1906040032-n1.html
東京都が踏み間違え防止装置の購入補助へ　高齢者事故対策で　sankei.com

＊**義則**：https://news.biglobe.ne.jp/.../zks_190604_9989492949.html
後付けできる、アクセル踏み間違い防止装置　トヨタが対象車種を拡大（2019年6月4日）｜BIGLOBEニュース　news.biglobe.ne.jp

---

＊義則：https://ascii.jp/elem/000/001/870/1870603/
あるいは、テレビで紹介されていたのですが、アクセルを急激に踏むと、電気的にアクセルを無効にする装置がありましたがあれを設置するように政府主導でできないものでしょうか？と考えています。

＊**義則**：先生の問題提議で知ることができました。
ありがとうございます。

＊**邱羞爾**：義則先生、私の一番言いたいことは、アクセルとブレーキを足で踏む構造を変えることです。どちらか一方でも構いませんが、同じように足で踏むこと、および同じような位置にあることが問題です。新車にせよ、そうでない車にせよ、値段の高い変な装置をつけるなんてことは、なんだか逃げの策のような気がします。

＊**義則**：先生、おっしゃる通り構造的に変えることがいいのでしょうが、今すぐ無理なら何かしらの方法で回避するのも一つかと思うのですが……
値段もそんなに高くないものもあります。
製造メーカーの現場では、何か改善しようとしたときに、最初から完ぺきを目指すと対応が遅れるので、まずは不十分であっても対策を講じ、抜本的な改善・改革は時間をかけて行うというものがあります。今回のトヨタの応急手当は、抜本的な改善の前の応急処置ならいいのですが………とはいえ、いずれにしても早く手を打たなくれはなりませんね。

＊修：コーラスのメンバーが80歳の誕生日にデーラーに愛車の引き取りを要請、以後月2回の練習日に往路はJRとタクシーで、帰路は私鉄からJRに乗り換え（徒歩十分)。費用的には駐車料代金より少し安い、時間も渋滞のときを考えると早い時もあると。萩野先生のお怒りもわかりますが、都会の人間は免許書を返上する時期を真剣に考えるべきでしょうね。交通事情の不便な地域には、さらに安全対策の機能のある

＊修：続き……対策を施すべきでしょうが。わたしの友人（84歳）が昨冬、わかい女性に追突され骨折、退院後も車を放そうとされずに、娘さんが車を取り上げ処分されたそうです。私鉄の駅までバス停二つ、それでも、愛着があるのですね。

＊正昭：高齢者のために自動車はある、と私も思う。

＊修：自分が運転する必要はないでしょう、タクシーもあるのですから…自家用車を持つことの維持費用（減価償却、駐車料、ガソリン代…）と、タクシーなどの費用を比較すると、老人の場合、自家用車を持つことの積極的理由は考えられないと思いますよ。

・義兄の来訪 (2019.06.17)

16日は父の日とかであった。我が家では、もうそんな浮ついたことをする年ではなくなった子供が、それでも電話だけはよこした。考えてみればうれしいことである。電話1本でも気にかけてくれているわけだから。40代で自分の子供がまだ小さいから、自分たちの生活で手いっぱいのときである。この上親の面倒を見るということになれば、大変なことになる。メディアを騒がすような親の介護の問題に引き込まれるであろう。
自分のことで、手一杯な時に、義兄が妹の慰安のために遠路はるばるとやって来てくれた。義兄の妹すなわち私の家内である。退院してもパッとしない妹に喝を入れてやろうというわけだ。家内は3人の兄がいて1人の弟がいる5人きょうだいである。でも、3人が亡くなり、残ったのは2人だけになった。女一人であるから兄たちから特にかわいがられた。だからと言うわけでもないが、「もう最後になるかもしれないから」という口実で、わざわざ横浜から京都までやって来てくれたのだ。

私も弟だけが残る身内になったから、「きょうだいの情」はよくわかる。とはいえ、85歳になったのに、一人でやって来てくれたのには、驚くとともに感謝の念でいっぱいだ。おまけに新幹線では「のぞみ」ではなく「ひかり」に乗ってやってきたのだ。それは「ジパング」とかいうものに入っていて優待が受けられるからだそうだ。京都駅から、5番のバスに乗ってやってきたのだが、なんと1時間以上もかかったそうだ。そして、昨年1度やって来ただけなのに、土地勘があって、先に近くのコンビニによって、缶ビールとお茶を買ってきてくれた。気の利かない私を見越して買ってきてくれた次第だ。もちろん高級な氷菓のお土産も持ってやってきてくれた。

義理の兄貴だから、どうしても遠慮がちになる。男と男が話をするのは難しい。ましてアルコールが入らないと、互いの堅さが融解しない。でも、付き合いというものは口先だけでも良いことがある。ひとにはそれぞれ事情があるから、なるべく中に踏み込まない方が良いこともあるのだ、と私は思う。

もともと山岳部などに入っていて体が丈夫な人であった義兄は、帰るときに「元気であれば、来年もまた来ますよ」と言って帰っていった。目も耳もだいぶ悪くなったし、足もよぼよぼしてきたといっていたが、私よりか遥かに元気であった。やって来て、2時間ほどいて帰っていった。

＊シナモン：2時間のために往復5時間の新幹線、バスを入れるともっと。私も施設にいる母を見舞うために同じことをしています。わずか2時間ですが、それがちょうどよい長さにも思えます。いつも帰りの新幹線に座ると安堵して、遠くにいて何もしてやれない罪悪感が少し癒されます。施設で待ち合わせて兄と会えるのも嬉しいことです。私たちの会話はお互いの近況や子供のこと等、当たり障りのないことに終始しますが、肉親の情でしょうか、安心感があります。来年もお兄様が来てくださると良いですね。

＊邱羞爾：シナモンさん、コメントをありがとう。君も苦労していたのですね。だから良くわかっていらっしゃる。それはそうと、お元気ですか？何かお仕事にでも頑張っていますか？みんな油の乗り切った年になって、ますます活躍の場を広げているように思います。どうぞお体にお気をつけて楽しい生活を続けてください。

＊和子：85 歳！すごい！お元気ですね！しかも、しっかりされてますよね。1 人で新幹線に乗って、5 番のバスに乗り間違えずコンビニまで寄って来られるなんて。

＊邱羞爾：コメントをありがとうございます。本当に私もそう思います。ごくたまにしか来たこともないのにです。

＊政信：邱羞爾さん、 奥さんお元気そうですね！　歳をとればとるほど　きょうだいは　いとおしいものです。私も、この頃　近くにいる兄をよく訪ねるようになりました。兄もこの頃体調不良で、ほとんど閉じこもり、私が元気なうちは訪ねるようにしてます。

＊邱羞爾：コメントをありがとうございます。お陰様で家内はだいぶ元気になりました。この日も兄に会いたくないと言っていたのですが、会ってみれば機嫌よく対応していました。政信さんのお兄さんは、あのリハビリにいらっしゃった方でしょうか？まだまだ元気を出してやってもらいたいものですね。私は体調があまりよくなく、先週の土曜日は休んだくらいです。でも、今は少し持ち直しています。いろいろありますね。お元気で！

＊政信：邱羞爾さん。そうです。兄しばらくはリハビリお世話になってましたが、通うのが大変で、今はほとんど自宅に閉じこもり！痴呆は廻ってないので、時々訪ねて昔話に花を咲かせてます。体はなかなかいうこと聞いてくれない分 口くらい動かして、残りの人生楽しみましょう！

私は、5 月末ぐらいから体調不良で、しばらく リハ 休みましたが、昨日から再開してます。邱羞爾さんもどうぞお元気で！　写真は、5 月 5 日一乗寺八大神社お祭りの時の兄とのツーショットです。

＊邱羞爾：写真をありがとうございました。お兄さんのお相手、大変ですね。でも写真ではお元気そうですね。政信さんも、体調が悪かったのですか、やはりいろいろありますね。気力だけは元気を保ってください。

＊ノッチャン：先生、おはようございます❤ 奥様、少しふっくらされましたか？ 随分、お元気そうに見えるのは、お兄様と会われたからでしょうか❣ 私は兄弟が居ませんので（一人っ子）、側に居てくれるだけでいいんだろうなぁと想像しています。 暑い夏に突入ですから、先生も奥様もご自愛下さい❣

＊邱羞爾：ノッチャン、コメントをありがとう。今度の退院後、以前と違って食べるようになりました。まだいろいろ問題が残っていますが、この日は喜んで対応しました。君たちの援助のお蔭です。ありがとう。

・facebook (2019.06.22)

贈り物の数々

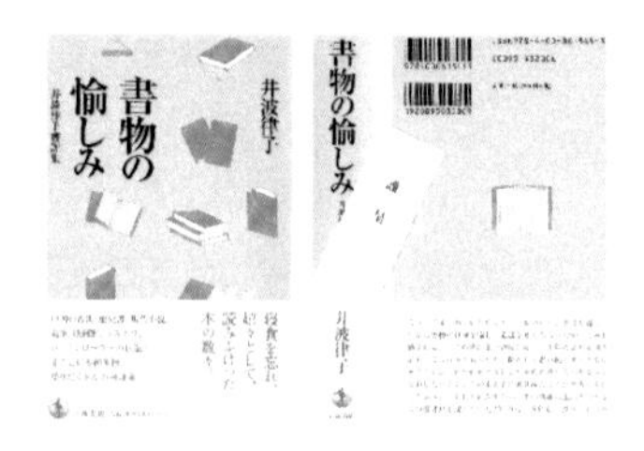

井波さんからまた本を頂いた。井波さんの数多くの業績に感心するとともに、そのたびに贈ってくださる親切に感謝する。何の芸もない私に、何のお礼のものを持たない私に、いつまでも好意を寄せてくれるというこの厚情に、うれしくもある。
井波律子著『書物の愉しみ——井波律子書評集』
（岩波書店、2019年6月18日、521＋18頁、3,200＋α円）
この本には、井波さんの1987年から2018年までの、30年にわたる文章が収められている。もちろんどれも、書物に関する文章だ。井波さんの多岐にわたる関心の深さと多様性がうかがえる。たくさんの文章を書いたものだと感心するとともに、湧き出る才能のきらめきに感嘆する。そういう井波さんであるからこそ、これは書店のご褒美のような本である。自分のこれまでの各種の文章を蒐集し整理し出版するなんて実に贅沢なことではないか。そういう意味で、この本は実に貴重なものである。
ご褒美といえば、私もここ2, 3日の間に続けて頂いた。まず、義兄から氷菓を頂いた。水ようかんや和風ゼリーなどである。冷たくなった甘いものは実においしい。糖尿に良いかどうかなど、いつの間にか飛んで、ぺろりと食べてしまう。
次に、児玉幽苑さんから「くぎ煮」を頂いたのだ。彼女は「心ばかり」として贈ってくれたのだが、もちろんそれは家内の食欲のためである。家内の食が少しでも進むようにと、フイッと贈ってくれたのだ。なんとありがたいことだろう。
つい先日は、ヒーコーがバウムクーヘンやラスクなどのお菓子を贈ってくれた。「お見舞い」とのことで、私の体を労わってのことだ。そして彼は、こういう「いけないものを送っちゃったんじゃないかな」と。こういうお菓子は普段買えないものだ。たとえお金があっても、取り澄ました和菓子や洋菓子でもなく、駄菓子でもないものは却って買いにくいものなのだ。だから私はいかにも男の贈り物だなぁと感じた。女性ならば、口当たりがよいもの、食が進むものを第一に考えてものを選ぶに違いない。役に立つものを選ぶのだ。だから、頂いてありがたい。そして男からの贈り物は、あまり言うと男にも女にも差しさわりがあるから、一言だけ言うと、ひそかに嬉しいと言える。

・facebook. (2019.07.02)

王耀平氏夫妻の上洛――その1

私ども（鎌田純子、山田多佳子、松尾むつ子、私）が翻訳した『羅山条約』の著者・王耀平氏が、ある旅行団の一員として夫婦で京都にやって来た。ちょうど、G20だとか、台風1号だとかがあって、無事に来ることができるか心配していたが、案ずるよりは産むが易しで、無事に28日の午後やって来た。
私がホテルに会いに行ったのは29日の朝のことだ。少し早めに行ったところ、ホテルの前をうろうろしている大きな男がいた。もしかして彼がそうではないかと思ったところ、その男が振り向いてこちらに歩いてくる。どちらかともなく、「あなたが……」といった気持ちで駆け寄り握手した。劇的な会見だった。翻訳をしてから4年ほどになる。お互い初めて顔を合わせたのだ。
もちろん、奥さんとも初めて。すぐ後からやって来た松尾女史との4人で、車に乗って清水寺に行った。私はどこか初めての土地に行ったら、まずその土地の有名な場所に行っておくべきだと思っているから、清水寺や金閣寺、銀閣寺などを案内する予定にしていた。王耀平氏は私の案に賛成してくれたが、実のところ彼はすでに行ったことがあるそうだ。でも、奥さんが初めてだから構わないと言う。
清水寺に行くのは私にとっては大冒険だった。幸い天気が晴れたので第一関門は突破したが、足の悪い私にとっては、あの長い坂道などを歩かねばならないのが大問題なのである。杖があるから、何とか歩くことができたが、距離が問題だ。でも、何をするにも、立って歩くことが基本だから、已む無く無理して歩いたが、どうしても人から遅くなってしまう。
王耀平氏たちは意外に「音羽の滝」に関心を寄せた。滝の水を持参のペットボトルに入れて飲んでいたのは愉快だった。
清水寺を参観し終わり、地主神社の「恋占い」もやり終えて、坂道を下り、バスにひと駅乗って祇園に行き、花見小路を歩いた。「一力茶屋」など茶屋を説明するのが難しくて、うまくできなかった。歌舞練場の近くの中華料理店で昼食を摂ったが、個室で椅子席であったから喜んでいた。大きな体で250斤（125キロ）ほどあるから、畳に座るのは勘弁してくれと言ってきていた。

またバスに乗って平安神宮に行き、裏の庭すなわち神苑を回って橋に出た。神橋から餌としての「フ」を投げて、競って食べる鯉、カモ、亀に喜んだ。でももっと喜んだのは、結婚式場があるので、今日の土曜日には結婚するカップルが多く、新郎新婦が神苑の池を背景に写真を撮っていたことだ。日本髪の新婦の姿は、いわゆるインスタ映えするから、よく多くの人が写真に撮る。王氏の奥さんも例外ではなかった。

私はこの平安神宮に着いた頃から足が痛くなって動きにくくなってしまった。清水寺で無理に歩いたのが悪かったのだろう。やむなく、南禅寺にはタクシーで行った。三門の上に上ったが、階段が急で、とても辛かった。でも、予想外に天気が持ち、京都市街が見えて、本当に「絶景かな、絶景かな」といった気分だった。

夜の宴会には、吉田先生をはじめ、狭間、北村、浅野の各先生が参加してくれた。遅れてきた鎌田女史を入れて全部で９人の会だった。吉田先生が王耀平氏のことを書いたレポートを前もって読んでいて、流暢な中国語で、「自分が体験したことをもっと文章化しろ」とけしかけていた。すき焼きを味わうよりは、話に夢中になる方が多かった、彼は持参の「erguotou二锅头」を皆に一杯ずつふるまったうえ、各人に一瓶ずつお土産として渡した。そして、彼の書の先生である趙普氏が隷書で書いた『金剛経』『道徳経』を、今日欠席した山田女史の分も含めて８人、８冊を配った。この趙普先生は、私どもが訳した『羅山条約』の原本の題字を書いた人だ。お酒と本を８人分持って来てくれたから、大きな荷物になっていた。中国の人の度量の大きさをつくづくと感じた。お土産としては、さらに『回望羅山――〝五七〟幹校的記憶』（外経篇）や、彼のことが書いてある新聞もくれたのだったが、私はこのお土産の多さに驚いて、なんと記念写真を撮るのを忘れてしまった。

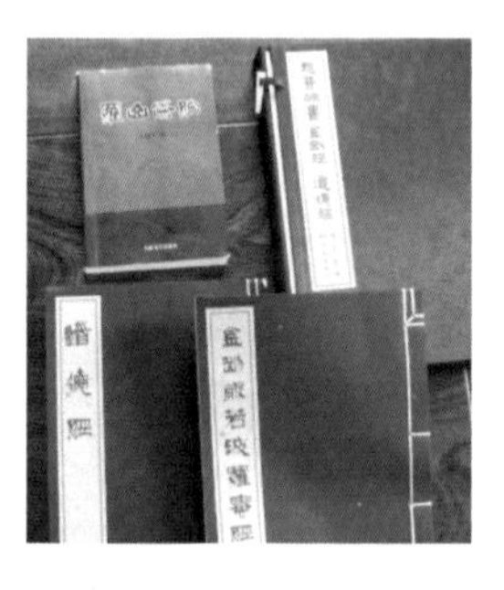

＊**幽苑**：よく歩かれましたね。結構距離がありますよ。それに坂や階段も。平安

神宮から南禅寺もタクシーが正解です。　花見小路の中華は『翠雲苑』では⁉
あそこは個室で、椅子席だから良いですね。

＊邱羞爾：29日には、14400歩。30日には12400歩歩きました。花見小路の店はそこではありません。「桃庭」というところです。

＊幽苑：一万歩以上は歩き過ぎですね。「桃庭」は知りませんでした。

・facebook.　(2019.07.02)

王耀平氏夫妻の上洛——その２

６月30日は雨だった。金閣寺に行ったときには、ものすごい雨で、階段や坂道は滝のように流れる雨水で足がびしょぬれになった。傘を持たない右手側は肩からびしょぬれになった。背負っていたリュックもずぶぬれになった。私は９時45分にタクシーを予約していたはずなのに、タクシー会社の方は「そんな予約は受けていない」と言う。慌ててホテルから車を２台呼んだ。今日は松尾女史に鎌田女史が加わったので５人で行くことになった。今のタクシーは５人は乗れない。だから、５人乗りの車を私は予約していたはずだったのに。でも、なんとも幸運なことに、私が乗ったタクシーは５人乗れるという。そこで急きょお願いして貸し切りにしてもらった。すると、なんと運転手が観光案内をしてくれるのであった。
私は実を言うと、足が痛くて歩くのが苦痛になっていた。そこで、運転手さんの案内の中国語訳は、鎌田、松尾両女史に任せて、私は休めるところは随分サボってしまった。折角の金閣寺であったが、雨のため、さえない見学となってしまった。
そこで、タクシーを新京極の入口でおり、寺町や新京極を歩くことにした。錦小路から新京極を歩くのは、王耀平氏の奥さんには気に入ったらしい。そこから、バスでホテルのランチビュッフェを食べに行った。ホテルは明るくて、食材も豊富だったので夫妻は喜んでいた。自分で勝手に選びに行くのは慣れているらしいので、こちらも手がかからず良かった。

かなりたくさん食べた後、時間があったので、まず御所に寄ってみることにした。私の頭では、御所見学にはパスポートやら、前もっての申し込みなどややこしい手続きがあるもの

だったが、なんと最近はすべて開放されていて、外国人も日本人も自由にいつでも見学できるようだ。中国語のガイドもあるそうだ。私は足が痛いので外の休憩所で待っていて、４人だけで見学してもらった。
烏丸今出川に出て、バスで銀閣寺道まで行った。「哲学の道』を少し歩いたところでアイスクリームを買った。というのも奥さんが「抹茶アイス」を食べてみたがったからだ。銀閣寺でも私はズルを決め込んで、入り口を入っただけで後の見学は４人に任せた。
５時を回ったので、バスで錦林車庫まで行き「ゆたか寿司」に行った。お寿司を食べるのは、彼らは初めてではない。すでにあちこちで食べているが、なんとこの28日にホテルに着いたばかりのとき、ホテルの斜め前にあるスーパーで「お寿司」を買って食べたそうだ。スーパーの寿司と寿司屋のカウンターで食べるお寿司と、その味の違いがわかるかどうか怪しい。そういう意味もあって、私は余計なことに、「すしは江戸っ子は箸でなんか食べない。手で食べるんだ。１つつまんでひょいと裏返し、しょうゆ（むらさき）にちょっとしたして、口に放り込むんだ」などと言った。彼らはさっそく私のまねをして食べた。これはきっと私のお土産になるだろう。お土産と言えば、私は何も彼らに送るものがないので、絶句を１首作って送った。

「ゆたか寿司」は、透析の先輩・湯川さんに紹介してもらった店だ。ご主人は昔、満洲に居たそうで、なんと中国語で書いたメニューまであった。これはとても助かった。おまけに私が湯川さんの紹介だと言ったせいか、少しまけてくれた。
またバスでホテルに戻り、王耀平氏が言う我々への答礼宴を開いた。ホテルの喫茶室でジュースを飲んでの会であったが、彼と鎌田、松尾女史とのワイハイだかラインだか知らないが、その交換で盛り上がった。ともあれ、この２日間、私が予定したことはすべて終了した。彼の人柄もあって、楽しい時間を過ごすことができた。彼には、彼が実体験したことをまだまだ書くようにという宿題を与えて、別れた。明日７月１日からは広島、福岡、沖縄と回って帰国するらしい。明日は送らないよと言って、握手して別れた。雨がまた降り出してきたので、鎌田、松尾両女士ともさっさと別れてしまい、まともにねぎらいの言葉も言わなかった。彼女らがいて本当にとても助かった。

＊Keiichi：ワイハイ（笑） 斬新な表現です^_^

＊邱羞爾：私はスマホも持っていないから、この方面のことは全くお手上げなんです。

＊Keiichi：分かる人がいれば没问题です^_^

・**facebook.** (2019.07.02)

王耀平氏夫妻の上洛——番外編

王耀平氏は、私にたくさんのお土産をくれた。圧巻はもちろん趙普氏による隷書の本２冊であるが、二锅头も劣らず見事なものだ。まだ互いに見識もなかった時には、メールで「一緒に二锅头を飲もうなぁ」と言っていたものだ。それはまだ私が透析などしない時のことである。

そこで、彼は二锅头を持参した。私にだけでなく、他のみんな合計８瓶も持ってのことだ。それに対して私は何もお土産をあげなかった。まぁ私としては京都の寺社を案内したのがお土産だと思っている。でも、あまりにもそっけないから、へたくそでちゃんと意が伝わるかどうかわからないけれど、真似事の絶句でも贈ったら何とか様になろうと思って、恥を忍んで絶句なるものを贈った。押韻は「厳」と「甜」で平声の「塩」の韻。仄起の句である。

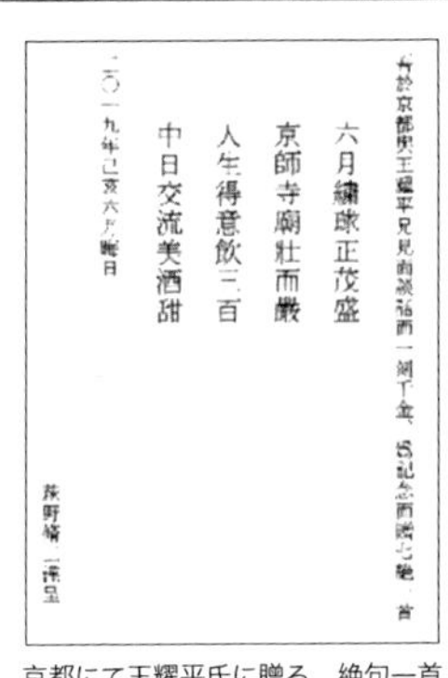
六月繍球正茂盛
京師寺廟壮而巌
人生得意飲三百
中日交流美酒甜
二〇一九年己亥六月晦日

京都にて王耀平氏に贈る　絶句一首

私が贈った王耀平氏への絶句　　京都贈王耀平兄　　絶句一首

六月繍球正茂盛	六月繍球正に茂盛（さかん）
京師寺廟壮而厳	京師の寺廟、壮にして厳なり
人生得意飲三百	人生意を得れば三百杯飲むべし
中日交流美酒甜	中日の交流、美酒甜（うま）きがごとし

王耀平氏夫妻が京都に来たのは、2019年の６月末で、ちょうどアジサイがあちこち咲いていた。アジサイは中国では見たことないと彼らは言って、珍しがった。

京都のお寺や神社を２日間見学したが、どこも静かで重々しかった。例えば平安神宮など、裏の神苑に行ったが、世の喧騒を離れて、閑静で穏やかの中に過ごすことができた。
李白が「将進酒」で、「人生意を得なば……必ず１飲300杯なるべし」と言っているではないか。私と王氏とは意を共有した。
この中国の君と日本の私との交流は、まさに二锅头の味わい、うまさのようである。だいたいこんな気持ちを込めたつもりである。

＊Keiichi：李白 良いこと言いますね（笑）

＊邱羞爾：李白の「将進酒」をネットで調べて、詩を暗記せよ。もちろん、中国語で！

＊Keiichi：面白そうなのでやってみます^_^　それにしても酒に肉に…　ほんと気が合いそうです（^◇^;)　三百杯…

＊Keiichi：白髪は三千丈　やはり三 好きなんですね

＊邱羞爾：数字の「三」は平仄の平の字でもあるからね。あとはみな仄の字なのだ（言っていることがわかるか？）。

＊Keiichi：ひょうそく ですよね^_^

＊邱羞爾：君が言うように、確かに「好き」なのだろうが、詩にした場合、「ひょうそく」を考慮するからね。

＊Keiichi：一、三、七、八は平　八が縁起良さそうな気もしますが（··;) ... 700、800杯は多すぎ
100も少ないから、300くらいが丁度良かったのか^_^　平仄のルール　ほぼ完璧に（変な表現ですが）忘れました！

＊邱羞爾：一も七も八も「入声」で仄音だよ。「フクツチキ」という法則を忘れた

様だ。ネットで調べてごらん。

＊Keiichi：一声と記憶している時点で忘れてますね（^◇^;） 調べてみます^_^

・facebook. (2019.07.06)

お知らせ

７月２日の夜から、ビッグローブがメンテナンスを行ないました。そのせいで、今までのアップの仕方が変わり、おまけに写真のアップができなくなっています。したがって「王耀平夫妻の上洛」シリーズから、どうしても写真がアップできません。申し訳ありません。できたら、私のFBを見てほしいと思います。 それにしても、勝手に設定を変えるなんて迷惑なことです。

＊幽苑：もう写真をアップ出来ないんですか⁉

＊邱羞爾：御免なさい。私のブログの話で、フェイスブックの話ではないのです。誤解を招くようなことを言って申し訳ありませんでした。

＊幽苑：そうですね。FBではないんですね。最近FBがおかしくて、写真がアップ出来ないと言う方が何人かいました。それがあったものですから、早合点しました。

・facebook. (2019.07.06)

本を頂いた

珍しいといったら失礼かもしれないが、なつかしい方から本を頂いた。
菅原慶乃著『映画館の中の近代――映画観客の上海史』（晃洋書房、2019年7月20日、292頁、4,500＋α円）
実に魅力的な面白そうな本ではないか。映画についての本というだけでも興趣をそそられるが、映画の観客をデンと中心に置いた本である。ユニークである。彼女は冒頭から1935年の劇映画『都市風光』で再現された映画鑑賞の客の態度を紹介する。それは、今も見られる映画館における観客のざわめきと猥雑さとさして変わらない。そして最後に「上映中は他の観客たちの迷惑にならないよう、座って静かに映画を見よう——」とある。こういう映画鑑賞のマナーが定着しているところに、彼女は「進歩」を見るのであるが、次のように一般とは違う観点を提出している。
つまり彼女はこう言う。「静座・静謐を是とする鑑賞態度が“進歩”的な観客を生み出したのではない。“映画観客”は予め“進歩”的な集団として創造されたのである。それればかりではない。道徳的にも衛生的にも“進歩”的な新興社会階層として創造された“映画観客”はナショナリズムを草の芽レヴェルで支えるべき“良き国民”でもあった。」と。
ここは、彼女独自の思考展開の道である。だから、この本は「序章 映画観客とは誰か？」から始まっている。「終章 映画観客史はどこへ向かうか？」まで大部な労作と言ってもいい。私が驚いたのは、「主要参考文献」が18頁もあることもさりながら、「注」の部分が1頁上下にあって、計22頁もあることだった。この多さは地道な研究の成果と言えることだ。
私がイメージする観客は、広場にしつらえた舞台の劇を鑑賞するために集まって来る「老百姓 ラオパイシンlaobaixing （＝民衆、普通の人民）」である。いつまでもざわざわとおしゃべりし、立ち上がっては仲間を手招きしたりする。子供などは走り回ったりする。だから、ドラもチャルメラもこれ以上ないくらいに大きな音を出す。役者も声を張り上げる。騒音に負けないくらいの大きな声を出し、客を引き付けない役者は、ダメなのだ。逆に、こういう環境でも引き付ける役者こそスターなのだった。もちろんこれは「映画」の観客ではない。京劇という伝統劇の客だ。でも、こういう「老百姓」が、野外に張った幕に映る「映画」を、同じように遠くの村から歩いて早くから集まり見ていた時期もあったのだ。“文革”の時期が特に印象深い。こういう客を、この本はどのようにとらえているだろうか。楽しみに読みたい本である。

・facebook. (2019.07.16)

セミの声

このところうっとうしい日が続いていた。まさに梅雨時であった。今朝のこと、珍しく太陽が顔をのぞかせた。やはり太陽は良い。そう思っていたところ、窓から騒がしい声が聞こえた。なんだ？と思ったら、セミの声だった。アブラゼミであろう。夏になったのだとつくづくと思わせた。夏になったのだ。
先日来痛めた左足の股関節などのために、接骨医に出掛けた。月水金と透析に行っているから、火曜日ぐらいしか出かける機会がない。木曜日は京大病院、土曜日はリハビリだからだ。この接骨医は大はやりなので、順番待ちでずいぶん待たねばならない。今日はお陰で、医院にある『ベジタリアン』とかいう雑誌を見て、ナスの料理を1つ参考にした。今はナスがうまいから、私でも作れるものに注目したのだ。
夕方、夕立があった。驟雨というのか割と激しい雨がいきなり降り、雷が鳴った。そう言えば今夜は「宵々山」だったなぁと思いだした。京都の夏の風物詩の祇園祭を見ることもほとんどなくなった。コンチキチンの音と女性たちの華やかな浴衣姿が、眩しい。
夕飯に、接骨医で見たナスの料理を作った。確か「蒸しナスのゆずコショウ和え」とか言った。ゆずコショウなどないので、単にコショウだけで作った。おまけに「オリーブオイル」を「垂れ」に使うのだが、ないので「サラダオイル」にしてしまった。この頃の私はいわゆるレシピ通りに作らない。いや作れないと言ってもいい。料理なんて自分が好きに作ればいいと思うからだ。正直言って楽に作ることができれば、それに越したことはないというわけだ。さぼり屋のずるいやり方ともいえる。でも、家内は「結構いける」と言った。

＊Keiichi：こちらもセミが鳴き始めております　祇園祭 もう前祭ですかぁ

＊邱羞爾：今日は無事に晴れて祇園祭もできたようです。透析中のTVで見ていました。

・facebook.　(2019.07.18)

看護師さんたち

私はいくつも病院や医院に行っているので、かなり多くの看護師さんに会う。そして、彼ら彼女らに好かれたいといつも思っている。
その中でも、透析の看護師さんや助手さん、職員さんのみんなから好かれたいと思っている。と言うのも、彼ら彼女らが職をやめない限り、私の一生とこれから付き合うからだ。これはそん所そこらの付き合いとは違うのだ。
だから、寺田さん・石本さん・徹君・中村さん・雄亮君・野端君・陸君などの動きを目で追っている。彼らはみんな男性だ。もちろん目が合えばにっこりし、大きくうなずく。男はそれでいい。目だけでなく口まで開くのは女性陣に対してだ。京子さん・あけみさん・寺本さん・安恵さん・ななみちゃん・裕子さん・和香ちゃんだ。そのほか、幡山さん・宇野さん・近藤さん・八幡さんなどに対しても、必ず挨拶をしている。このうち、京子さんはまるでお母さんのように私に対応してくれる。安心して数々の病気のことを訴えることができる。あけみさんは「オホホ」と笑う声に特徴がある。私が9時ごろになると急に気分が悪くなると言ったことをちゃんと覚えていて、血圧をその時間になると測りに来てくれる。寺本さんは特別だ。私が透析を始めた最初から、左手に針を刺してくれた。彼女は名前を教えてくれない。それで、勝手になるべく普通でない名前を言ったならば、見事にあたったそうだ。彼女は寺本という姓が好きでなく元の姓の方が良いという。だから、私はその旧姓で呼びかける。それはともかく彼女は、私の体重にいつも文句を言う。ドライウエイト（今は47キロらしい）を越えては、引く水分の量が多くなるので、注意するのだ。怒られたり脅されたりするのは困るけれど、これは嬉しいことだ。
この頃は安恵さんが処置をすることが多い。この針を刺すのには資格があるようで、まじめな彼女は資格を獲得したらしい。私が彼女を特別視するのは、このようにまじめに仕事する姿が気に入っているからだが、彼女のカーディガン姿が気に入ったこともある。もう一つ言うと、彼女もFBをやっているから、時々私のFBを読んでくれる。でも、他のFBをやっている京子さんや徹君と同じ様にメッセージを入れても、ほとんど返信してくれない。
一人一人の人にはそれぞれ特徴があり、私はみんな好きだ。ななみちゃんは、きわめて素っ気なくきょとんとした目で仕事をするが、私の本を読んでくれたので、私は恩に着ている。今度本を出したら彼女に1冊進呈するつもりだ。裕子さんは、明るく元気で、つい「ようよう！」と声を掛けたくなる。すると彼女も「ようよう！」と応えてくれる。彼女は私が目を紙で拭いていると、そっと脱脂綿を渡してくれる。そればかりか、そろそろ変え時でしょうと新しい綿を補充してくれる。和香ちゃんは一番新しく入って来た。一番年が若いだろう。とにかく熱心だ。その生真面目な態度が好感を呼ぶ。
女性の看護師さんについて言えば、みんな私より若いわけだから、そういう彼女たちがキビキビと働いている姿を見るのは、私にとってとても嬉しいことでもあり、美しい光景だ。きっと私の若返りの薬になっていることだろう。感謝あるのみだ。

· facebook. (2019.07.19)

豪勢な贈り物

祇園祭の日だけが奇跡的に晴れの日だった。この祇園祭を見るためにわざわざ京都にやって来た中国の人がいた。彼は、李城外氏の息子である。息子さんだから小李（シャオ・リー）と呼ぼう。

李城外氏は私と山田多佳子女史が訳した『追憶の文化大革命――咸寧五七幹部学校の文化人』の基となった『話説向陽湖――京城文化名人訪談録』の作者である。私が李城外氏を訪れたのは2008年のことである。彼の書斎・向陽軒の廊下に積み上げられた資料の膨大さに私はびっくりしたものだ。それらは、この『話説向陽湖』を含む５種７冊の大部な｛向陽湖文化叢書｝となって2010年に世に出た。（この間のことは、『追憶の文化大革命』（上巻）にある李城外「日本語版・序」に詳しい。）

その彼の息子さんが京都に来たというので、私は会いに行った。18日のことで、祭りの翌日はもう雨だった。わかりやすい場所として四条の高島屋にした。約束の時間に小李の方から声を掛けてきた。背の高い、ニコニコした、なかなかのイケメンである。我々はすぐ喫茶店に行き話をした。小李は日本の伝統芸能を勉強しているそうで、今回も祇園祭をはじめあちこちの祭りを見学するほか東北の祭りも見ると言っていた。かなりの長丁場だが、希望にあふれた明るい顔が、気持ちよかった。小李はお父さんからのお土産だと言って、大きな重い物を渡してくれた。

中には『向陽湖文化報』が数部入っていた。2013年から入っているので、なんでだろうと思って見たら、それぞれの新聞に、李城外氏の上述の「序文」や、私の「あとがき」、さらには、王耀平『羅山条約』の「日本語版・序」が掲載されているのであった。参考とするようにと送ってくれたのであろう。その配慮がうれしい。

そして、バカに大きくて重いお土産は、「普洱茶（プーアル茶）」であった。普洱茶は日本でも一部の人から健康に良いと好まれているが、貴重なお茶である。「二鍋頭」という北京のお酒と共に、最近ではなかなか手に入らない高級品となってしまい、豪華なデコレーションをするようになった。この普洱茶も、もともとは四川から上海に送られてきて、レンガのように固くなっていたものだ。それを金づちで割って、急須に入れて飲む。古くなったような独特な香りがするものだ。でも、ご覧のように、豪勢な高級品となった。私はいつものように著者に、それ相当のお礼をしていないから、恐

縮の至りである。

・facebook. (2019.07.21)

公開研究会

7月20日（土）に「現代中国研究会」の公開研究会があった。報告は、徳岡仁（平成国際大学名誉教授）と吉田富夫（研究会会長）の２人である。
まず最初は徳岡氏の「フィリピン・マニラの『チャイナタウン』」である。
徳岡氏が今年の２月７日から14日までの８日間マニラに出張した時の報告である。この出張は彼にとって大変面白かったようで、彼は報告のとき、話し相手と会話した様子を思い出しては、一人で笑いながらその話を我々に伝えるのであるが、私は徳岡氏の話のスピードについて行けず、会話の面白さについて行けなかった。これは、彼の報告の半分は失ったことだから残念なことだ。
彼は自分の話に数字的な根拠をつけるために、「中国人移民の動態」を表にして示してくれた。この表によれば、2017年には約１千万人の移民がいるが、そのうち半分がアジアに移民している。さらにそのうちの半分近くが香港に移民している。230万人だ。もっとも、香港に移民していることは中国の統計では出てこない。香港が自国であるからには当然のことだが、国連の数字では出てくるという。これが私にとっては面白かった。
また、国防費の話では、中国の公表した国防費は2019年は1,775億ドルで、2018年は1,651億ドルである。しかし、スエーデンのストックホルム平和研究所の統計では2018年は2,499億ドルである。だから、中国の国防費は不透明だと非難を浴びているが、徳岡氏によれば、国防費などは本来不透明なものなはずだから、透明であるかどうかなどで非難するのはおかしいということになる。
最後に彼は自分が歩いたチャイナタウンのスライドを見せてくれたが、いろいろ興味深いものがあった。オーヒンという独立の父の像や関帝廟、教会など。特に興味深かったのは「お墓」だった。寝室やトイレのあるお墓、夫婦のお墓、25年継続供養のお墓など。残念ながら時間がなかった。
第２報告は、吉田富夫氏である。「天安門事件をどう総括するか」という題で、最初から鄧小平の「戒厳部隊幹部への講話」（1989年６月９日）を読み上げる。これは弾圧をした立場の声である。それに対して、座り込んだ学生の目から見たものとして、北京大学ハンスト団ハンスト宣言、いわゆる「北京大学絶食団絶食書」をも読み上げる。絶食書の中では「国家はわれわれの国家だ、人民はわれわれの人民だ、政府はわれわれの政府だ」というが、これは辛亥革命のときに叫ばれたスローガンであることを指摘する。
つまり吉田氏の視点には次の点があった。1．天安門の運動は1978年からの持続した運動であり、改革開放期10年の到達点であったということ。2．学生たちの反腐敗のスローガンは一般の人びとだけでなく、党内指導部の改革派にも影響を与えたこと。3．民衆の独自組織も形成された。北京市高等院校学生自治連合会（＝高自連）のこと。4．だが運動の自然発生性を克服できなかったこと。つまり、リードする組織や指導者がいなかったし、ブレーキを掛ける者がいなかったこと。5．最後に、人民解放軍が発砲するという本質（＝利益団体の暴力装置）を暴露したこと。
以上の諸点について、自己の体験を交えて解説説明したが、なかなか説得力があった。
最後に、張一平『フーコーへ帰れ』（中野英夫訳、情況出版社、2019年）を紹介した。
そして吉田氏はこう言う：現在の中国は国家独占資本による土地バブルの上に乗っかっている。でも所詮生産力を発展するのが基本である。民主だとか人権などは先の話だ。国の在り方をどう考えたら良いのか、中国の学者たちは深いところでものを考えている、と。
吉田氏の報告は示唆に富んだ有意義な話であった。私個人にとっては、吉田氏が「歴史における〈六四事件〉」のところで言った、「歴史は思い出す」という言葉が強く印象に残った。本当に歴史は思い出すのであろうか。歴史の風化ばかりを目にする私には、にわかに信用できる言葉ではないが、そう言われると、かすかな光が見えてきたような気がした。

＊三由紀：朝一番に開いて頭が覚めました。もし自分が研究会を傍聴していたとしても、受けとめられなかっただろうところを教えて頂きました。生産力の定義も変わっているのでしょうか。先生、これからも論評で「かすかな光」を私たちに見せて下さい。

＊邱羞爾：寒さの夏はおろおろ歩いている私などをそんなに持ち上げられては恐縮です。先生こそ、一層の活躍を期待しています。

＊Yumiko：行きたかったのですが、叶いませんでした。内容を教えてくださってありがとうございます。徳岡先生には学部生の頃中国語や東洋史を教えていただきましたので、話し方など眼に浮かぶようです。

介護をしていると中々外に出づらいのですが、こうやって研究会のお話が読めるのが有り難いです。今後ともよろしくお願いいたします。

＊邱羞爾：貴女は介護で大変ですね。でも考えようによっては、介護されるよりもマシなのかもしれません。徳岡先生の話はいっぱいの情報が詰まっていたので、ほとんどそれをお伝え出来ませんでしたが、貴女なら補って読んでくれるでしょう。ありがとうございます。

＊純一：ありがとうございます。先生らしく要を得た要約で、お二人とも肉声が聞こえてくるようです。　僕も参加したかったのですが、すでに義理のある先約があり残念でした（中国文学会に出ておりました。これはこれで収穫がありましたが）。
64（とそれ以後）については、最近若い人たち（なんて言い方をする年に、僕もなってしまいました）もいろいろ書いているようです。神戸大学の経済の梶谷懐さんとか、フリージャーナリストの安田峰俊さん（この人、立命の東洋史なので北村先生の教え子のはず）とか。
そんな話も尋ねてみたかったです。またの機会に。

＊邱羞爾：先生に会って王耀平氏の時のお礼を言いたかったのですが、京大の中国文学会があったのですね。64についてのご教授、ありがとうございました。私は例によって1次会で失礼してしまいましたが、帰宅して測ったら血圧が180もありました。

＊純一：王さんの時には、こちらこそありがとうございました。　また、どうぞご自愛ください。

＊修：先ほどフェイスブックで先生のご感想を拝見しました。「歴史を思い出す」で、わたしの感想をタラタラ書いたのですが　途中でいじくっているうちにややこしくなって消えてしまいました。1　先生のご感想をコピーさせていただいて、わたしの友人（2～3人）に伝えたい。2　「歴史を思い出す」……80年代末の上海の街角の食堂で、ひとりの見知らぬ中国人から　食糧切符をいただいて、餃子を食べることが出来た……　1945年9月　家族（父と兄は未帰還）で縁

故先の農村で食糧難、 台風で道路決壊、食糧が届かず毎日カボチャばかりで顔が黄色くなった、 食べ物をめぐるわたしの「歴史を思い出す」 3 吉田先生が指摘されていた台湾の事例。 中国がいつそういう事例になるかわかりませんが、海亀族の40%が帰国、少数民族問題、中間所得層の固定資産税問題、 不満のタネは内包しています。日本のようにガス抜きはできないでしょう、ね。

＊邱羞爾：お誕生日おめでとうございます！誕生日の1回1回がめでたいことになりました。私のFBの記事を活用してくださるとのことで、光栄に存じます。実は土曜日から血圧が上がってしまい、体調がよくないです。

＊修：先生といくつ違うのか定かではありませんが、わたしの方が馬齢を重ねているのは確かです。しかし、学究の方とビジネスで中国に接してきたものとは、違います…ありがとうございます。活用させていただきます。お大事になさってください。

＊邱羞爾：お恥ずかしい次第ですが、毎日どこかに異常があり、四苦八苦しております。せめて研究会などに参加して勉強したいと思っております。帰宅して測ったら180も血圧がありました。

＊修：おはようございます。わたしは毎朝晩測っていますが、朝の方が高い—150～170、夜はこのところ100～110。ホームドクターに毎月見せていますが、没有問題、時々投薬の調整はありますが……。

＊俊子：先生 暑中お見舞い申し上げます。
ブログの様式が変わり、コメントを書き込むとどう表示されるのかわからないので、メールでお伝えすることにしました。
公開研究会の概要、面白く拝読しました。
徳岡先生はフィリピン、チャイナタウンを歩かれたとのこと。驚きました。
私の駐在中は、とにかくチャイナタウンは治安が悪いから要注意と言われ、
1年の滞在で買い物に1度出向いただけでした。それも商店の前に車をつけて、歩くことはしませんでした。今から思えば過剰な用心だったのかもしれませんが。
独立の父、オーヒンというのがわかりませんでした。ホセ・リサール、アギナル

ド等は有名ですが。マニラでアヤラミュージアムのボランティアに参加して、そこでマニラの歴史を学んだことを懐かしく思い出しました。
吉田先生の6.4の総括、拝聴したかったです。安倍さんは思い出す世代ではないのでしょうが、歴史を軽視しないでほしいです。私は心配性なので、米英中日北朝鮮とトップの顔ぶれを見ると、とんでもないことが起きそうで怖いのです。
猛暑が始まりました。脱水にならぬよう水分を摂れと言われるときに、
水の摂取制限がある先生はどう過ごされるのかと心配です。
どうぞお気をつけて。

＊邱羞爾：俊子さん、メールをありがとう。ブログの形式が変わってしまい、私自身戸惑っています。本当に余計なことをするものです。
私の体調はあい変わらずよくなく、血尿が出ています。体がだるいです。首も痛い。
徳岡氏の報告を聴いていて、貴女のことを想いましたよ。独立の父はもしかしたら、私の聞き間違いかもしれません。あの日の午後は血圧が180もあったのですから。
ブログにも書いたように、木曜日にはおしっこが出ないで困りました。結局結果は良かったのですが、日曜日から血尿が出て困っています。私の体調は少しも良くありませんが、貴女の方はいかがですか？　みなさんが元気であることを希望します。

・**facebook.** (2019.07.25)

首が回らない

私の体はいつも何か異常が起きていて、我ながらどうしてこうまともな日が続かないのだろうと不思議に思うほどだ。そして、よくもこのような異常な状態の続きでここまで生きてきたと思う。私は結局のところ幸運な男なのだろう。あんなに健康優良児であった兄貴の方が先に逝ってしまって、生まれてからもう病気ばかりであった私の方が長生きしているのだから。
先週の土曜日から急に血圧が上がって170、179、となってしまった。もう一度測ってみたら180、183と上った。たいていの場合は2度目の測定は下がるものなのに。ところが昨日は、なんと急に107となった。もともと血圧なんぞに信を置いてはいなかったのだが、このようにわけがわからず乱上下されては気分が悪い。
考えられる原因としては風邪だろう。耳が特有の痛みを感じていたから。だが、気に

なったのは9日ごろから首が痛くなっていたことだ。首を左右に振り向けると痛む。それが昨日から特に痛くなって、首が回らなくなった。透析のお医者に言ってテープを出してもらった。首に貼ってまるでロボットのようにぎこちなく首を動かさざるを得ない。やむなく何もしないで、寝ることに務めた。というのも、水曜日の午後は接骨医院も休みだし、この前の6月に行ったことがある出町柳の整形外科も終日休みだ。それで、やむなく寝るしかなかったのだ。
今日の木曜日は京大病院の泌尿器科での検診だ。朝の7時40分に家を出て8時半には採尿をした。いつも私は家を出る前に用を足していくのが習慣なのだが、今日は検査のための採尿があるのでそれをしないで出て行った。こうして準備をして行ったつもりだったのに、いざ採尿となったら20ccも出なかった。これではあまりにも少ないと再採尿のカップを渡された。1時間ほどあけ、その間に水を飲んだりしてやり過ごし、診察予定の9時半を過ぎてやっともう一度採尿を試した。今度は10ccにも満たなかった。絶望的になったが、これしか出なかったのだからと思い切って係員に訴えた。すると、前のが取ってあると言って足してみて、これで何とか検査できるだろうと言ってくれた。助かった。
診察になったのは11時近かったが、結果は良かった。尿に異常は認められず、すべて良好というのであった。つまり、血尿の原因であるかもしれない前立腺の異常も、膀胱にも異常は認められないという結果だったのだ。だから、恐れていた尿道に管を入れて内視鏡で検査するという尿道検査を今日はしなくてよくなったのだ。9月まで延長だ。血尿は2015年の4月にやった放射線治療の影響がたまたま出たのだろうということになった。
恐れていた尿道の検査が今日はなくなったので、気分良く帰宅した。やっぱり私は運が良いと思った。また1日生き延びたという気分だ。が、相変わらず首だけは痛い。どうしようかと思ったが、テープを貼って少し効果があるようだからと、整形外科には行かないことにした。こんな風に毎日どこか痛いだの異常だのとあったら、まったく毎日なんだかんだと医者通いばかりではないか。これでは本当に首が回らないということになる。

＊和子：お医者通いで首か回らない。笑ってしまう文ですか、自分で医師通い出来てる間はよしとして 😟💦

＊邱羞爾：コメントをありがとうございます。確かに自分の足で医者へ行けるの

ですから、まだマシだと思うべきなのでしょうね。それにしても、毎日苦しいです。和子さんのような方からの激励が励みです。

・facebook. (2019.07.30)

アキアカネ

坂道を上っていたとき、後ろから私を追い抜いて行ったものがいた。何か、と思ったら、アカトンボだった。悠然と前に飛んで行った。
昨日、京都は36.5度、今日は36.8度だった。やっと夏になったと思う間に、7月も終わる。そして、なんともうアカトンボすなわちアキアカネが飛ぶのだ。アキとくれば8月だ。私は8月という言葉の響きにはなぜか切ないものを感じる．哀切と言ったら良いのだろうか、8月には青い空にギラギラする太陽が冴えるのだが、それが却って悲しみをもたらすのだ。7月はまだいい。7月には同じ暑さでも若さがあるように感じる。それが月が替わって8月となると、心がせわしなくなる。アキという言葉が8月にかぶさって心落ち着かせなくするようだ。9月のように完全にアキとなってしまうのであるのなら、まだマシだ。1年の半分の6月も過ぎ、残りのひと月の7月もまた過ぎていく。8月には、そういう時間の進みの速さを微妙に感じるせいかもしれない。完全にアキとなれば心だけでなく、風景も落ち着いてくる。
ふと見たら、我が家のブルーベリーがなっていた。何の手入れもしないもじゃもじゃの木の間から濃い紫の小さな実が重なって顔を出していた。つまんで取り入れたら29粒あった。今年初めての収穫だ。さっそく洗って冷蔵庫に入れた。冷やしてゆっくり味わおうではないか。

＊ノッチャン：いいね！

＊邱羞爾：ノッチャン、ありがとう！　今日はものすごい夕立がありました。夏です。ノッチャンもハルちゃんも元気ですか？

＊ノッチャン：先生　こんにちは😊
はい、ハルも機嫌よく暮らしています♡こっちは、夕立もなく、ただ暑いだけです💦

＊Momilla：先生、こんばんは。ご無沙汰しております。

当地では８月に入ったばかりのきのう、ツクツクボウシの声が聞こえました。通常このセミが啼き始めるのはもう１週間から10日後、ちょうど学生・生徒の夏休みが残り半分を切り、宿題の残りが気になり出す頃なので、今年はちょっと早いかなといったところです。今年は梅雨入りが異常に遅く、梅雨明けも平年より数日遅かっただけに、ここ数日の猛暑がきつい感じですが、秋の訪れが案外早くなるのかもしれませんね。
８月はまだ酷暑が続きますが、そんな中で先生が「切ない」とか「悲しみをもたらす」とおっしゃるのは、日本人にとって８月とは、「鎮魂」と「反省」を考えざるを得ない月だということが心の奥底のどこかにあるのかもしれません。いうまでもなく敗戦の日、それに先立つ原爆投下など、前世紀の過酷な出来事をふり返る時期でもあるからでしょう。私はもちろん戦争体験はありませんが、祖父母や父母から聴いたことを次世代へしっかり伝えたいと考えています。
この暑さはまだしばらく続きそうですので、先生も奥様も無理をなさらぬよう、ご養生に努めて下さい。

＊邱羞爾：Momilla君：コメントをありがとう。お久しぶりですね。お元気そうで何よりです。私の文章から、原爆の日や敗戦の日などを想起してくださり光栄です。ただ、私はそれよりも、例えば五山の送り火に代表されるように、祖先と言うか長いつながりのあるものの鎮魂に心奪われます。心の奥底に何かを感じるので、ああ書きました。少しセンチメンタル過ぎるかもしれません。貴兄の元気さに感服です。

・**facebook.** (2019.08.08)

立秋

今年の立秋は８月８日今日だそうだ。
皆様に残暑お見舞いを申し上げます。
秋とは言え、とても暑いじゃないか。まさに盛夏そのものだ。病院からの帰りが、朝の７時半から行っていたというのに午後１時半になってしまったのでバス停でバスを待っている間の直射日光は、立っているだけで背中に汗が流れるのを感じるほどだった。とても暑い。
昨日、暑中見舞いを頂いた。先日にはハガキも頂いた。高校で担任をしたことがある陽子さんからで、３人目の孫が生まれるとあった。娘の出産には遠方にいるけれど手伝いに行くとある元気な内容だった。昨日のは、贈ったという便りがあってからほぼ１週間経っての贈り物だ。山梨の種なし巨峰５房分という豪勢な暑中見舞いだ。うれしいではないか。こんな贈り物をしてくれるのはいつもヒーコーだ。彼が健康診断士１級に合格した時にも私は何もお祝いをしなかったというのに。

病院ではまたひどい検査を受ける体験をした。膀胱鏡検査というものだ。尿道から内視鏡を使って膀胱に異常がないか観察するものだ。なんでそんな検査をしなければならなくなったのかというと、血尿が出るからだ。それも一時止んだり又出たりと繰り返すので、思い切って京大病院に行った。予約をしていないフイの外来診だったから何時間も待たされた。検査の結果は、４年前にした放射線治療の影響であるということだった。詳しく言うと、2015年の４，５月に前立腺癌の治療で38回の連続した放射線照射の治療を受けたが、その時に前立腺のそばにある膀胱の一部が焦げたということらしい。すなわち被爆したのだ。それで、焦げたところから血が出ることがあるのだそうだ。そしてこれは治らないのだそうだ。原爆の被爆が治らないのと同じだと言われた。すでに５月ごろから血尿が繰り返し出ていたが、何はともあれ、原因がはっきりしたので、私は気分がすっきりした。もうこの年なんだから仕方がないではないかという気分だ。それにしても実にイヤーな感じの、痛くもある検査で、２度としたくない検査だった。

＊Keiichi：その検査…したくないです…

＊邱羞爾：確かに！私だってしたくてしたわけじゃないよ。ご理解を。

＊ノッチャン：先生、おはようございます。秋なんて嘘だって言いたくなりますよね。

検査、お疲れ様でした。でも、原因がはっきりしてスッキリ！それはよかったです。京都の暑さは奈良よりももっと凄い気がします、奥さまも先生も無理をされずに乗り切ってください。

＊邱羞爾：ノッチャン、ありがとう。確かに暑いですね。でも、ハルちゃんは今、絶好調といった感じですね。

・facebook. (2019.08.12)

奈良うちわ

昨日の11日、私は奈良に出掛けた。「奈良女子大学文学部附属高等学校卒業 プレ還暦同窓会」に参加するためだ。この学年は、実は私は彼らが中学1年生の3学期から2年生のときを担任しただけだ。だから、この会に参加するのに躊躇していたのだが、阪本さんを初めとする幹事の励ましによって、図々しく参加することにしたのだ。

この学年はとても気づかいが細やかで、私の近鉄特急からタクシーまで用意してくれた。そのほか、例えばプリントを配るのも、私たち教師にはA4に大きな字で印刷してくれた。こういう細やかな気配りは、やはり中学から高校まで6年間担任をされた木村維男先生の影響だと私には思えた。木村先生は、この私にも、お会いしてから帰るまで、何かと気を使ってくれた。例えば、帰りの西大寺で特急を待っているときも、私が乗車するまで一緒に時間待ちをしてくれたのだ。そういう先生だから、毎回恒例となっている先生の一刀彫も回を重ねるごとに高度になり、巧妙になった。今年は、ピーナッツと12面体に6面体が中に入り更に円球の入った彫り物を見せてくれた。そして、3個目に12面体のキュービックを披露した。これらの細工も見事ではあるが、これを設計図などを作らず、頭の中で描いて作ったという。まさに数学の先生の本領発揮であった。

荒木孝子先生ともお会いした。荒木先生が産休のために私がピンチヒッターになったのだから、こうして当時の生徒に囲まれて、私は先生に感謝するものだ。先生はいまなお翻訳に力を注いでいて、最近出した本の紹介をしていた。アイルランドの「怖い女」とかいう本で、女の自立を描いた本の様だった。

司会者は、最初から私に挨拶させた。私はこのところ寝不足で動悸が激しく、声も手も震えていたのだが、何とか支離滅裂ながら彼らにお祝いを述べることができた。

「今日は私のような者まで声を掛けてくださりありがとうございます。私はみなさんに会えてとても嬉しいです。うれしいけれど、もう顔と名前が完全に一致しません。もしお話しする機会があったら、ゆっくりとご自分の名前を言ってください。私は目も耳もだいぶおかしくなっていますから。

みなさんはもうじき還暦60歳になるそうですね。私は今、週3回、1回4時間の透析をしています。後期高齢者の年齢を過ぎてから、すっかりガタガタしました。私は今、78歳ですから、皆さんはまだ若いです。私の経験によれば、60歳代のトシは一番充実していました。花開くトシだと言ってもいいでしょう。花開くと言っても、社会的に有名になるとか、金持ちになるということではありません。もちろんそうなればよいですが。私の言う花開くというのは、たとえて言ってみれば、「恥ずかしげもなく裸になり くまどりの顔で 歓声をあげ」るようなことです。60にもなれば、これまでのジタバタした虚飾の生活にケリをつけ、これまで培ってきた自分自身の生活を実感するといったようなことです。

みなさんのこれからの充実するトシをお祝いして、私の挨拶とします。ありがとう。」

会の司会は、いつもの袋井君だ、彼は急に腰を痛めたそうで、痛みをこらえながらやったが、スムーズな進行は見事なものだった。その1つは、参加者全員に一言ずつ話をさせたことにみられた。つまり、各組の男子と女子、計6組を順番に舞台にあげ、一言ずつ話させたのである。A組の男子12名、次に女子5名、B組の男子9名、女子7名、C組男子9名、女子9名。51名がすべてしゃべったのだ。これは頭の良い運営で感心した。

いっぺんにいろんなことが話されたので、すべてを覚えてはいられないが、特に印象に残ったのは、誰であったか忘れたが、ご主人を早くに亡くされた方がいたことだ。また、病気の人も気になる。扇田君の癌や須藤君の精神や石垣君の糖尿、夫が高血圧だという鈴木さんなど。先生になっている人もいて、校長先生である人もいる。大西君や福島さん、原井さん、山中さんなど。幹事役の有司君、松澤君、松原君、阪本さん、今井君、山中さん、袋井君、中谷さんなど、彼らにつき一人ずつ述べたいが、ごくわずかなことを述べよう。有司君はわざわざ、草野心平の「樹木」についての感想を話してくれた。松澤君は、彼名義のタクシーチケットをくれたので、遠慮なく使わせてもらった。松原君は近鉄特急の券を用意してくれた。

今井君はまた水泳をやり始め、なんでも50歳代の記録保持者だと言っていた。今日が誕生日だそうで、みんなから盛大な拍手を受けていた。辰巳君は有名人だから、停職になったことをみんなが知っていた。鈴木君はオリンピックの体操競技の入場券が当たったという。娘さんも当たったというので、これもやんやの拍手だった。

食事は日本料理のフルコースで、私には量が多すぎた。恒例の、武部利男作詞、前田卓央作曲の「学友の歌Ⅲ」や「切手のないおくりもの」、「翼をください」などを山中さんの伴奏で、みんなで歌った。そして、有路君の司会でクイズ5問が行なわれた。なかなか考えたクイズであって、感心した。最後に5人の先生についてのアンケートの回答を当てるものだったが、山中昭男先生はお亡くなりになっており、

吉沢栄敏先生は「84歳、終活中」ということで出席されなかった。残りの３人の先生についての当時の彼らのアンケートの答えであったが、木村先生に対する答えを聞いていて、私は彼らの先生に寄せる信頼の深さを感じ、羨ましく思った。私については、私は今でもよく覚えているが、いかにも私も若く、ある意味では気障っぽいものだった。彼らは全員の集合写真をもう現像して私にもくれた。お土産にお盆ということで「奈良うちわ」と造花の花束をくれた。「奈良うちわ」を手に持ってつくづくと、もったいないような彼らの情誼を感じた。私は参加して、とても楽しく、そして嬉しい気分で帰宅した。

・**facebook.** (2019.08.14)

孫が来た

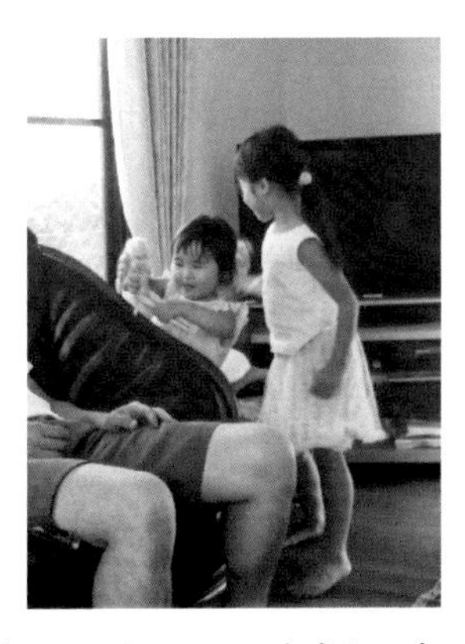

２年３か月ぶりに孫が来た。お盆休みだからだ。私には３人の孫がいるが、そのうちの２人の娘が二男のところにいる。昨日は、その二男のところの娘たちが来たのである。
おねえちゃんの方は、前から私に慣れないで、どうしても抱かれようとしなかった。もう６歳にもなったので、ますます私には近づこうとしない。いもうとの方は、今まではまだ赤ん坊だったので一応抱かれたりしたが、それでも、すぐグズって嫌がったものだった。今日はすっかり人見知りになって、恥ずかし気にモジモジした。もちろん私には近づこうとしない。一緒に生活していないので、どうしても疎遠になる。だから、おばあちゃんにも慣れない。あんなに抱かれていたのに、今ではすっかり忘れて、見知らぬ爺と婆がバカにニコヤカに近づいてくるというところだろう。
二男は私の家が実家になるから、パパは大いに張り切ってクルクル動き回る。食事の子供用のカレーを温めたり、熱すぎないようにと冷ましたりと大変だ。頂いた種なし巨峰を食後に食べさせたが、パパは、皮を剥いて食べさせる。孫のいもうとの方など、いつものデラウエアではないと、最初は嫌がったが、一口食べてみればおいしいことがわかるので、それからは口を開けて催促するくらいだ。私も孫のためとあらば、皮を剥いて食べさせようとした。でも、彼女たちはダメなのだ。私が剥いたものでは嫌がって食べないのだ。仕方がないからパパに手渡しして、パパがやれば素直に口を開けて食べた。
腹がいっぱいになれば、子供は体を動かす。以前遊んだ折り紙や瀬戸物などをおもちゃ代わりに私が出して来てやると、思い出したように結構楽しんで遊んだ。そのうち自分たちが持ってきたオーロラ姫のお人形などを使って、パパと遊びだした。体を動かし、気分も慣れて来たのだ。でも、そうするともう、帰る時間になった。
帰るとなればげんきんなもので、私とハイタッチなどをしてニコニコして帰って行った。

・facebook. (2019.08.17)

送り火

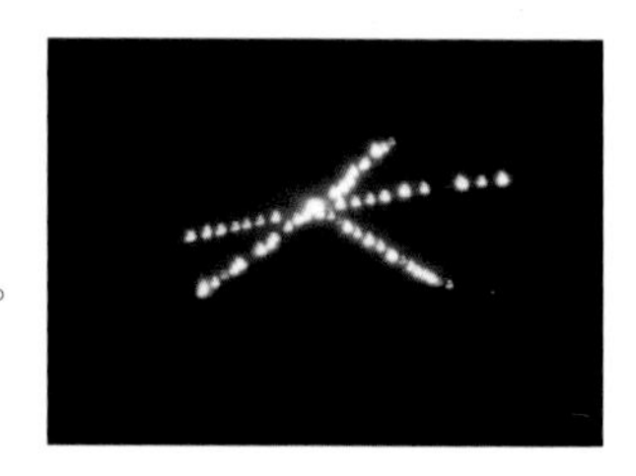

昨日は京都五山の送り火であった。台風10号が過ぎて天気が回復したので、久しぶりに安心して送り火を迎えることができた。これまでは何かと天候不順で、実行できるのかどうかやきもきさせられたものだ。
私の家の前は道路であるが、ちょうど大文字が見える良い坂道になっている。それで、早くから自動車がやって来て桜の木の下に停める。自分たちは自動車のクーラーを入れてのうのうとフロントガラスから送り火の点火などを見ている。多くの周りの人が歩いてやって来て立って見ているのに、なんだか不愉快だ。特にそのクーラーの音だろうが、グーグーとずっと鳴り響く。
昨夜はかなり多くの人が出ていて、この坂道で見学する人が多かったので、道路がいっぱいだった。子供連れもいる。大人は2人組が多い。中にはハイボールを飲みながら見る人までいた。向こうからまた1台の自動車が侵入してきた。しかし、人が多いので立ち止まり、ついにはバックして戻らざるを得なかった。こんなのは私には実に気分が良かった。なぜだかわからないが、ひょっとすると私の根性が良くないからかもしれない。
送り火は静かにきれいに並んで燃えた。静かできれいであったせいか、私にはなんだか元気がないように思えた。勢いが感じられなかった。それはもしかすると今年の私なのかもしれない。今年の酷暑は体の弱い者をふるいにかけて、この世からふるい落とすようなものだった。そのせいか、私も随分といろいろ欠点が出て、痛みつけられた。しょっちゅう医者に行った。でも、今はやっと落ち着いてきた。送り火を見ながら、このまま静かにおとなしく、決まったスケジュールをこなしていこうと思った。

· **facebook.** (2019.08.30)

うれしい便り

今日うれしい便りを受け取った。美来ちゃんが結婚したのだ。7月20日に結婚したと彼氏との2ショットの写真が3枚もあるハガキを寄越したのだ。思えば彼女は大学の最後の教え子であろう。一緒に学食でお茶を飲んだこともあった。懐かしい思い出が切れ切れに出てくるが、肝心の何を勉強したのかなどと言うことはまるで出てこない。私のいい加減さとだらしなさが露見した感じだが、人との付き合いなんてものはそれでいいんだという気持ちも残っている。あんまり過去をしつこく覚えているものではないだろう。

8月の下旬になって、いつものようにという様に体調が悪かった。どうしてこういつも悪いのか、我ながら不思議に思うくらいだ。一時は体がガタガタと震え発熱し（37.9度）、血圧も189と上った。それは透析をしているときであったので、看護師が驚き且つ親切に面倒見てくれて、医者を呼んで来てくれた。解熱剤を出してもらい、血圧も寝た状態では180を越えてしまうので、立って測ってやっと160台に下がったので帰宅することができた。クリニックでは血圧が180以上あったら帰宅させないのだそうだ。帰宅したら、見事にひどい血尿がでた。そして痛く、しばらく血尿は続いた。この変調は解熱剤のお蔭で、帰宅してすぐ寝たので良くなった。2時間ほどぐっすり寝たらしい。もちろん微熱は続いたし、昼間寝たので夜が眠れなくなりといったバカバカしさは後を引いたけれど、週が変わったら落ち着いてきた。

26日の月曜日、朝の4時ごろ東の小窓のカーテンを開けてみたら、三日月が見えた。月齢26.0だから三日月とは言わないのかもしれない。上弦の月というには違和感がある。口をついて出たのは「ワンワンダユエル シャオシャオダチュアン（.wanwandeyur xiaoxiaodechuan, xiaoxiaodechuanr liangtoujian……）」という中国の小学校1年生の国語の一節だった。漢字で書けば「彎彎的月児小小的船、小小的船児両頭尖。我在小小的船里坐、只看見閃閃的星星藍藍的天」。意味は（弓なりの細い月 小さな小さなお舟 小さなお舟は 両端がとんがり。私が小さなお舟に乗って、ふと見たらキラキラお星に真っ青なお空。）とでもなろうか。読み上げるととてもリズミカルで調子が良いのだ。

東山に懸かる先の尖った月の光るのを見て、私が中国にいた1980年代初期の空気が思い出された。政治偏重の重苦しい空気を、この文化の香りが突き破ったのだった。お空の三日月に私が乗るという発想自体が新鮮であったのだ。私が乗ってきらめく星と青く澄んだ自然との一体感が、教養文化の香りを放っていた。闘争とリゴリズムの世界に対しての、この静謐さとロマンとが瞠目するに値する出来事だったと言ってよい。今日のこと、看護師さん３人に“文化大革命”って知っているかと聞いたら、「知らない」とのことだった。1966年からの10年間……と説明を言いかけたら、「私はまだ生まれていません」と言われてしまった。私は随分年取ったものだとつくづくと思い知らされた。

＊ノッチャン：いいね！

＊ノッチャン：先生、おはようございます😊　何や彼や言いながら、それなりに元気（？）なご様子に安心しました。　秋にお会い出来るのを楽しみにしています❣

＊邱羞爾：ノッチャン、ありがとう。頑張るしかないものね。ノッチャンの方は、充実しているようですね。うれしいことです。

＊邱羞爾：ノッチャン、言葉が足りなかった。息子さんの御結婚が決まったとか、おめでとうございます。お母さんとしての役目も一段落ですね。

＊ノッチャン：先生、ありがとうございます☺　まだまだこれからですが、来年の春までは、仕事も頑張るつもりです。　それからは、少しゆっくりしようかなぁ（出来ないでしょうが笑笑）

＊眞紀子：先生❣　お久しぶり😊５月～ずーっと目が回る毎日でご無沙汰でした。忙しさは、ずっと同じなんだけど、先生のお月様の件を読んで思わず、スルー出来ずコメント❣　相変わらずしんどくて大変な毎日を過ごされててかわいそうだなぁって思うけど、中国の思い出と東山の三日月とのお話はあまりに色合いが素敵で、こんな呟きが出来る幸せは滅多にないよ、先生❣って励ましたくなったのです。

＊邱羞爾：眞紀子さん、ありがとう。嬉しいよ。きみは忙しいのに、その気持ちに感謝です。君の方は忙しくても、効果が出ていてやりがいがあるようですね。

・facebook　(2019.09.08)

バラが咲いた

バラが咲いた。1輪ではなく、4，5輪咲いた。やや背の高いところに咲いたので最初は気が付かなかった。1本の木なのに花が1輪咲いたわけでなく、いくつも花が咲いたし、つぼみもまだあるので、さらに咲くことだろう。
夏の間楽しませてくれたブルーベリーがもう実をつけなくなった。結構粒をつけてくれて、かれこれ100個はできた。もっとも、あんまり甘くはなかったのだけれど。7月の初旬に咲くネムの花も、もうすっかり枯れてしまったから、このバラの花は気持ちに彩りをつけてくれた。通路を通って下から見上げると青空に良く映える。明るい気分にさせるではないか。
たったこれだけのことだけれど、そして、そのバラ自体も特に優れたものではないし、手入れをしていないので、なんだか薄汚れた感じがしないでもないが、花の力は見事なものだ。ただ咲くというそういう行為だけの持つ力というものがあるようだ。それをどう感じるかは、こちら側の気分であり勝手なのであるが、物言わぬからこそ気持ちを寄せることができる。
今の私は花よりも自分のあり様の方が問題だ。でも、若々しくつぼみから抜き出るように開く花弁を見ると、思わず声を掛けたくなる。おぉ元気だな。俺もやらなくちゃぁな、と。

＊政信：荻野さん！まだまだ暑い日が続きますね。お元気な様で何よりです。
UP写真を見て思い出しました。ずいぶん昔？青春時代　♫バラが咲いた♫ バラが咲いた♫真っ赤なバ～ラ～が♫　フォーク歌手　マイク真木　の歌を思い出しました。懐かしい！
それから　月リハ朝一のメンバ～5人組元気でやってま～す。

＊邱羞爾：政信さん、コメントをありがとうございます。マイク真木の歌、私もよく覚えていて、いまだに口ずさみます。今月は月曜日が2回も休みですね。政信さんと会える機会がありますでしょうか？

＊政信：萩野さん！9月は振替が一回で25日の水曜日、10月も一回あるので、萩

野さんと同じ日時に取れるか聞いてみます。

＊邱羞爾：政信さん、ありがとうございます。ちゃんと名前を直してくださって、それも感謝です。10月うまく会えるならば、嬉しいですね。しばらくぶりですから。

＊幽苑：四季咲きのバラでしょうか⁉　中国語の月季花ですか？

＊邱羞爾：よくわからないのですが、年に２回位咲くようです。コウシンバラではないと思うのですが……。

＊小枝：こんばんは。美しいピンクのバラのお写真、拝見させていただきました。わが家でもミニバラや蔓バラを植えており、咲いてくれますと写真に撮り掲載させていただいています。わずかであっても、花のある生活は良いものですね♪

＊邱羞爾：小枝さん、コメントをありがとう。本当はマイク真木の歌った「ば～らが咲いた、ば～～らが咲いた、真っ赤なばらが、寂しかったぼ～くの庭に、ば～らが咲いた」と歌いたかったのですよ。貴女は、この歌、もちろんご存知ですよね？

・**facebook**　(2019.09.14)

恒例の座布団干し

昨夜の中秋の名月は、ちょっと見ただけであったが、今日の月はきれいにまぁるく中天に懸かっている。秋になった。昨夜は私は寒くてしょうがなく、２時15分に起きて布団を引っ張り出して掛ける始末であった。そういうわけで体が重いし頭もなんだかボーっとしている。
そんなところに、２階へ上がる途中少し騒がしいので隣の空き地を覗いてみたら、彩り鮮やかな座布団が目に入って来た。あぁ、恒例の黎明教会の座布団干しだ。今日は若い者数人が手分けして、いつも駐車場になっている広場に座布団を並べている。なんだか私はうれしくなっていた。秋が来たのだという声のような１つの儀式だ。去年も一昨年も、その前も、毎年、このように布団や座布団を干すのだ。

そこで私は写真を撮った。今日はお日様のお蔭で、どんどん気温が上がって暑くなった。まだまだ残暑が厳しい。私はリハビリですっかり汗をかいた。

＊和子：なんだか凄いですね。何十枚の布団を干すのも大変ですが、家みたいに布団乾燥機にかけるのはもっと大変なのかな？

＊邱羞爾：和子さん、コメントをありがとうございます。黎明教会の仕事ですから、きっと若者の教育の一環としてやっているのでしょう。時には近所の掃き掃除などもしています。

・facebook. (2019.09.15)

杉本先生から文章を頂いた

昼間は暑い。今日も草取りなどをしていたら、汗びっしょりになった。でも、朝晩は涼しくなった。というより、寒がり屋の私はむしろ寒くてしょうがなく、一昨日の夜など布団を2時15分に起きてひっかぶったほどだ。だから、頭がぼーっとして相変わらず調子悪い。
そんなところへ救いの神が現れて、文章を送ってくれた。誰あろう、杉本達夫先生だ。先生は私よりも年上である。80歳にもうなられたであろうか。あるいはもう越えられたであろうか。とにかく、まず、長文を書くということだけでも大したことだ。私のように耄碌するとよくわかる。そして、なんと言っても内容だ。論理を通すことだけでも大変なのに、人様を説得できるような論をお書きになる。頭脳明晰と言える。多分凡庸な私の推測では、日ごろからなさっている俳句が、先生の老化を防ぎ、ますます若々しい感性を保持し続けさせているのであろう。今回もいくつか送ってくださったが、1句だけ引用する。
「石段に影の伸びゆく九月かな」。
〜〜〜〜〜〜〜〜〜〜〜〜〜

日本の巨大ガニ？？ ——放射能の怖いはなし—— 杉本達夫

2000年の春、団体で上海から揚州へ行った。高速道の途中で休憩した際、路傍の小さな新聞売り場で、いくつか新聞を買った。当てもなく買った新聞であったが、中に山西省から出ているタブロイド判の大衆紙があり、日本に関する面白い記事が載っていた。

ある夕べ、大阪湾に若い男女がボートを浮かべて語らっていた。すると突然、海中から巨大なカニが現れてボートを襲い、娘さんを食ってしまった。カニは全長35メートルあり、ハサミだけで9メートルもあった。カニはそのまま姿を消したが、数日後に鎌倉の海に現れて、浜辺にいた女子高生が危うく襲われるところだった。それからさらに数日、今度は三陸沖に現れたあと、行方が知れない。なぜこんな巨大なカニが生まれたかといえば、原発の使用済み燃料を瀬戸内海に投棄した結果、放射能の影響でカニの身に異変が生じ、このように巨大化したのである。……

もう20年近く前の記事であって、記憶がぼやけている。が、本筋に誤りはないし、数字も間違いがないはずである。ひょっとして、エイプリルフール用の記事であったのかも知れない。

読んでわたしはびっくりした。いや、知らなんだ知らなんだ。日本にこんなお化けカニがいるなんて。使用済み燃料を瀬戸内海に投棄しているなんて。原発がこんな結果を招いてるなんて。わしゃ何にも知らなんだ。新聞もテレビも、こんなニュースは流さなかった。だが、これでは危なくて、海に近寄れない。わたしはさっそくメール仲間に記事を伝え、海へ行くなら万全の注意をせよと警告した。誰からも反応はなかった。かれらはみんなきまじめなんだ。

2000年にはまだ、東北の地震は起きていなかったし、福島の原発事故も起きてはいなかった。なのに日本からはるか離れた中国内陸部の山西省で、なぜ日本の原発なり放射能なりへの関心が高いのだろう。なぜこんなホラ話を考えついたのだろう。日本の異変を語っているように見せながら、じつは自分たちの放射能事情を、ひそかに語っているのではあるまいか、とわたしはひそかに疑った。

中国には、どこにいくつあるのか知らないが、原発がいくつもある。開設に先立って、地域住民に何らかの説明がなされたのかどうか、放射能というものについての知識がどの程度に共有されたのか、使用済み燃料の処理法がどのように決まり、どこに送られているのか、わたしは何も知らない。そういう記事を読んだことがない。けれども、多少なりとも知識を持ち、危惧を覚える人々にとっては、知らされなければ、説明がなければ、不安は増すばかりである。実際に事故が起き、放射能が漏れて、被害者が出ているのなら、そして、その情報が遮断され、世間の耳目に触れないままであるのなら、事態が狭い口コミルートを通し、変形し偽装し、原形からかけ離れた形で広がることは大いにあり得るだろう。地元のお化け話だの、海外の怪異譚だのに託して、じつは自分たちの切実な不安や恐怖を語ることは、大いにあり得るだろう。2000年頃には、中国はまだそれほどスマホ社会ではなかった。深刻な情報が一気に広がる時代ではなかったように思う。
原発だけではない。中国は核兵器を持っている。兵器の製造には実験が先立つ。たしか1964年に最初の原爆実験を行なった際、後に見た映像では、わきあがるキノコ雲に向かって、防護服を着た部隊が突進していったが、あの部隊の兵士たちは何事もなかったのだろうか。
その後何度も実験は繰り返されて、原爆は水爆になった。近距離用から大陸間弾道弾に成長し、たえざる改良を重ねているはずである。兵器はいつでも使える状態に保たねば意味がないのだ。だいたい、核兵器というものは、実験であれ実際の使用であれ、人類への、地球への加害であることに変わりはない。おびただしい放射能を振りまいて、害毒を残してゆく。
地下の実験であっても、放射能が土で中和されることはない。実験が予告されていようといまいと、近隣地域のひとびとは、風向きひとつにも気をつかい、自分がどれほどに汚染されているか、不安が消える時があるまい。
実験場は砂漠の彼方にあるそうだ。かつてはロブノールの近く、つまり楼蘭遺跡に近いあたりということであったらしいが、いまも同じかどうかは知るべくもない。場所が地図に示されるはずもないし、部外者がのこのこ近づけるはずもない。何年も前に、実験場から技術者がひとり見えなくなり、大がかりな捜索が行われたが見つからなかった、とか言うニュースが日本でも伝えられていたように思うが、あれはその後どうなったのだろう。砂漠をひとりさまよえば、たちまち日干しになるにちがいない。
地図に場所が示されないと言えば、たとえば上海市には海軍の施設がいくつもある。看板も出ていて誰の目にもよく分かるのに、詳細な市街区地図にさえ記入されていない。軍は特殊な領域なのであって、まして核関連となれば、尋常の機密ではない。したがって、知りたくても知りようがなく、尋ねたくても尋ねる先がなく、不安は募るばかり。砂漠のサソリが放射能を浴びて、ラクダを凌ぐほどに大きくなったとか、ある村のヒツジに羽が生えたとか、あらぬ話を作り上げ、さらには瀬戸内海に巨大ガニを誕生させて、ゲラゲラ笑いながら不安をごまかす、という図ではないかと想像するがどうだろう。
サソリと言えば、思い出すことがふたつある。ひとつはたった一度、たった一匹、食ったことである。あれは高級料理の食材なのである。数センチに両手をひろげた黒い唐揚げだった。怖い毒虫だという思い込みがあるから、舌を刺されはしないかと、びくびくしながらバリバリ噛んだ。味の記憶はまったくない。旧時の北京の城壁には、風雨であいた穴に、時おりサソリが潜んでいた。民家のレンガの壁穴にも、潜んでいることがあった。暖かいところを好むらしく、くつの中にもぐり込んでいるので、朝起きてくつをはく際には、必ずトントンとはたいて、安全を確認するのが習わしだったそうだ。とはいえ、くつの中から高級食材を得たと言う話はきかない。

いまひとつは、若い頃に、3本立て50円の劇場で見た外国映画のサソリである。たしかメキシコが舞台の映画で、ある農村地域を大地震が襲い、大地に大きな亀裂がはしる。と、深い深い亀裂の底から、何十メートルもの大きさのサソリが数匹現れ、牧場を襲い人を襲う。

軍隊が出動するが、サソリの針は戦車を潰し、黒く堅い殻は砲弾を弾いてしまう。研究の末、殻の継ぎ目に弱点を見つけ、そこに銛を打ち込んで高圧電流を流し、感電死させてしまうのだった。3本立ての中の1本であって、見ようと思って見た映画ではなかったが、結果としては、この1本だけが記憶に残っている。

このサソリは何万年ものむかしに地中深く埋もれたことになっていた。どのようにして成長し、何を食って命をつないだかは、語られていなかったように思う。話の中には、原爆も原発も核放射能も、現代技術の悪魔の毒素はなにひとつ出てこなかった。のどかなホラー映画といってよかろうか。だが、今どきこの種の話を作るなら、核と放射能は欠かせないだろう。使用済み燃料や汚染水を海に流したら、海洋生物はどうなるか。巨大ガニはすでに山西省で考え出してくれている。マンタが空を飛んでジェット機を襲うとか、ツバメが水鳥に変じてクジラと同盟するとかいうほら話が、不都合な真実として、深刻な未来として、日本人の手で動画化されるようになるのだろうか。

燃料や汚染水の最終処理場として、赤道近くの島国ひとつをそっくり手に入れようとする、日本政府の陰謀を描いた小説を、いつか佐々木譲が書いていた。ことは日本の喫緊の課題である。海に流すことは許されまい。放射能にふりかける消線剤がありえぬかぎり、深い深い穴を掘って埋めるしかないのだろう。長い長い年月の後、大地震が大きな地割れをつくり、現実に下から10トントラックほどのモグラが出てくるかも知れない。われらの子孫がまだ生きているとして。おお怖や、怖や。

2019,9,12.

・facebook.　(2019.09.20)

今度は歯医者

私は自分でも呆れるほど、毎週のようにどこかに欠陥が出る。痛いの痒いのと、うそみたいに休まるときがない。
火曜日の朝のこと、上あごが痛かった。正確にはどこかよくわからないのだが、上の前歯から歯茎が痛い。私は良く風邪を引くと口の中に痛いものができるので、今度も風邪気味になったのだろうと思った。それでそのまま過ごしていたら、水曜日になったら、痛くて物が噛めなくなった。朝早く出掛けなければならぬというのに、30分以上もかかって朝食を食べた。実は飲み込んだのだ。前歯の歯茎に物が当たると痛くてかなわない。堅いものは却って奥歯などを使うから、少しマシで食べられられる。柔らかいものの方が手ごわい。特に小松菜の葉っぱなどがうまく噛み切れない。痛いのだ。私の朝はパン食に野菜炒めだ。そんな簡単なものなのに30分以上もかかってしまったのだ。
慌てて歯医者に電話をし、予約した。近ごろのお医者さんはみんな予約制だから、痛いから今すぐ診てくれというわけにはいかない。やっと木曜日の12時半過ぎに診てもらうことができた。
レントゲンを撮った結果、前歯の上の歯茎に膿が溜まって腫れているとのことだった。２本の前歯の間に黒い穴が見えた。薬をチクッとつけて、うがい薬と朝晩１錠の薬と、痛み止めの頓服薬としてロキソニンが出された。
その夕食は、なるほど少し痛みも弱まって、朝よりは幾分楽に食べることができた。でも、お米が食べにくい。米粒が歯に当たるし、歯の間に挟まる。
あくる日の木曜日は、少しマシなまま食べ物を食べた。何せお腹は空いているのだから、食べたいのに、よく噛めないから量もますます少しになってしまう。おまけにちゃんと噛んで食べないから、何を食べてもまずいのだ。うまくない。なんだか頭も重いし、やる気もない。
金曜日の今日、朝起きるとまた痛みが強くなってしまった。16時半過ぎにやっと歯医者に行って、まだよくならないと訴える。同じような薬を塗って、また明日の土曜日に来いと言われた。今週は、歯医者通いに明け暮れることになった。木曜に来るヘルパーに歯医者に行っているいきさつを話したら、「今度は歯医者さんですか！」と、よくまぁ医者通いする男だと呆れられてしまった。もちろん私自身も呆れているのだ。

＊修：わたしもしょっちゅうです。いまは急性の尿道炎で参っています。

＊邱羞爾：コメントをありがとうございます。わぁ、それは大変ですね。どうぞラグビーでも見てお元気になってください。

＊幽苑：歯医者にはなかなか行けないものですね。とことん悪くなってから行く人が大半だと思います。私もその一人です。

＊邱羞爾：コメントを上海から、ありがとうございます。歯はやっぱり大事ですね。悪くなり、痛くなってつくづくと思います。幽苑さんは、今はどうぞのんびりお過ごしください。

・facebook. (2019.09.23)

今週は腹痛

私はこんなことを書きたくないのだが、病気のことばかりになって来たから、已む無く書く。というのも、私自身は私の生きてきた道の備忘録として、この場を使いたいからだ。読んでくださる方にはさぞご不快な思いをされることであろう。お許し願いたい。
今日は月曜日で祭日だ。でも祭日など私には関係なく透析に行かねばならない。
昨夜と言うか今朝はよく寝られなかった。1:34、3:57と目が覚めた。そのあと一応寝たのだが、夢ばかり見て、寝た気がしない。起きるまじかに夢を見ると、しかもひどい夢ばかりだから、起きても寝た気がしないのだ。なぜ起きるかと言えば、目覚ましを掛けているからだ。5:20に起きることになっている。目覚ましはストップしなければ、いつまでも鳴り続ける。眠い目で手を伸ばして止める。でも、問題はそれからだ。目覚ましが鳴ったからすぐ起きるというものではない。グズグズしてしまう。ある意味では、この時が一番良いのかもしれない。でも、時間は無情に過ぎていくから、30分,40分と過ぎれば、慌てて起きることになる。
今日もそのようにしてやっと起きた。歯痛は相変わらず痛い。どうやら下の歯まで痛くなった。これはこの頃の普通の状態だ。下の歯が痛いとなると、歯医者に行かねばならないが、なんと昨日は日曜日で、今日は祭日ときている。そしてこの医者は火曜日がお休みだ。どうしても早くて水曜日になる。水曜日は午前中透析だから、午後になってようやく行けるというわけだ。
ところが今日は、急にお腹が痛くなった。差し込むように痛い。やむなく出掛ける間際の時間がないけれど、トイレに行った。トイレでも痛いのに、出ない。これは困った。下痢であればそれはそれで納得いくが、腹はグウグウなっても、出ないのだ。
時間に迫られて、私は出掛けたが、危なくてしょうがない。透析中に下ったりしたらどうしよう。そこで、私は紙パンツを穿くことにした。これなら万一のことがあってもある程度防げる。
透析中も、腹が痛かった。時々差し込むような痛さだ。でも、看護師には黙っていた。何とかＴＶなどを見て我慢した。ＴＶでは「お母さんといっしょ・スペシャル」をやっていた。なるべく熱心に見て、そちらに神経を集中するようにした。すると、どうだろう２時間ぐらいして、腹の痛さを感じなくなった。もう半分の我慢だ。粘って、とうとう透析が終わるまで我慢をし通した。
やれやれ、家に帰ってすぐトイレに跳び込んだのは言うまでもない。でも出なかった。医者は便秘ではないかと疑った。確かに毎日スムーズに出ていない。しかし、一応毎日少しだけでも出ることは出ているのだ。
なんだかわからないが、今週は腹痛まで加わって来た。

＊Hoshie Tg：季節の変わり目ですのでご自愛くださいませｍ（＿＿）ｍ私は元気です、今は神戸に住んでいます！

＊邱羞爾：コメントをありがとう。そうか神戸か。いろいろ聞きたいね。

＊Tamon：なんだかわからないけど、がんばりましょう😎😎😎

＊邱羞爾：コメントをありがとうございます。なんだかわからないけれど,少し良くなりつつあります。

・facebook　(2019.09.27)

児玉幽苑さんの個展

今日、ハガキが届いて、幽苑さんが10月26日（土）から30日（水）まで、第15回の個展をするという。「児玉幽苑中国画展」。場所は「ギャラリー 六軒茶屋」。中国山水画、花鳥画を35点展示するそうだ。
私のような者にも「ハガキ」をくださる付き合いに、心から嬉しく感謝するものだ。ハガキの裏には、きれいで見事な山水画が描かれている。最近の幽苑さんは、水墨画から色付きの絵に近づき、多くなっている。私には「画」から「絵」に移っているように

思える。
幽苑さんの日常からアートの生活まで、人一倍の努力がなされていることは、多くの人が知っており、今更私が四の五の言うことはないが、それにしても、この熱意と努力と向上には頭が下がる。
血尿まで出た私は少し体調がよくなりつつあるが、まだ完全ではない。したがって宝塚の「清荒神」まで行けそうにないが、成功を祈る。
私には、このように低調な時に刺激的で楽しく、清々しい気分にさせる便りなり、贈り物を頂く。いつものヒーコーが焼魚と煮魚の詰め合わせを送ってくれたのだ。何で送ってくれたのかわからないまま電話で礼を言ったら、気まぐれでフイと買ったのだという。フイと買ったのには、私のことを想う一段階上の感情があったに違いない。こういう付き合いのやり取りにこそ、互いの敬意と情があるのであろう。私はなにもお返しをしないが、心の底から感謝した。

＊政信：邱羞爾さん！　こんにちわ！　この山水画　ちょっとカラフルできれいですね！
10月の 振替リハ 安馬さんにお願いしたところ、10月12日（土）朝一の空きがあるので、時間はずれるけど、ご挨拶ぐらいできますよね！お会いできるのを楽しみにしております！ ☺☺☺ (^▽^)/

＊邱羞爾：政信さん、コメントをありがとうございます。10月12日、わざわざ変えてくださって、申し訳ないです。私は当日少し早くゆくつもりですから、うまくすれば「ご挨拶」ぐらいはできると思います。よろしく。

＊修：ギャラリー六軒茶屋とは!わが住まいの駅前ですぞ！

＊邱羞爾：そうでしたか。そうであるなら、ぜひ見に行ってやってください。そして御感想をお教えください。

・facebook. (2019.10.07)

＊京子：先生、ありがとうございます。元気でやってます。またお会いしたいです。

・facebook. (2019.10.08)

天高く

10月になったら、気温もだんだん落ち着いてきて、秋らしくなった。先日の日曜日など、雲がだんだん少なくなって、すっかり秋めいた空になった。日差しは強い。その天気に誘われるように、久しぶりに京都岡崎公園の府立図書館に出掛けた。

私の体調も徐々に回復してきて、だいぶマシになった。

そこで、出かけることにしたのだが、我が家のブル—ベリーの手前に、なんとレモンができていたのを、門を出る前に見つけた。発見したと言ってもいい。レモンなんてものが我が家にできるとは考えられないので、一瞬戸惑ったが、やはりレモンだ。黄緑色と言うか緑色で、右に2つ、左に1つと合計3個なっていた。放っておけば、黄色くなるのであろうか。

誰が植えたのかと言えば、当然家内が苗を買ってきて植えたのだ。もう何年も前の話だが、それを家内が思い出したのがうれしい。というのも、家内はうつ病で病んでから以前の記憶が薄れていたから、昔の記憶が蘇ったのがうれしいことなのだ。

それはそうと、帰宅してから1つをもぎ取り、レモン蜂蜜にして飲んだ。なかなかイケる。皮が厚くて中身が少なかったけれど、1人前のレモンの味だった。

さて、出掛けようとしたのは、図書館に行くつもりであった。何せ、銀閣寺道界隈には、1軒あった本屋の銀林堂が7月15日に閉じてしまってから、本屋1つなくなってしまったのだ。百万遍あたりでも、本屋がつぶれてしまっている。本を読む人買う人が少なくなってしまったのだ。やむなく公共施設である図書館を利用するほかない。

岡崎公園の平安神宮前には、蚤の市ができていてにぎわっている。私には何か文化の形が変わってきているような感じがした。グランドでは野球やテニスが行なわれており、美術館や動物園も、そこそこ人が入っている。

スポーツと言えば、今年はなんと言ってもラグビーだ。日本が快進撃しているから面白いし興奮する。ゴルフにバレーボール、リレーに競歩と日本人の活躍が目覚ましい。私には阪神が、あの打てない阪神が独特な勝ち方で、最終戦まで勝ち進んだのがうれしい。というより、まだ、あのハラハライライラする試合に付き合わなければならないのかと思うと、ひそかにうんざりする。でも、勝つことはいいことだ。何とか頑張って、後4勝してほしい。当分、読書などできないけれど。

＊修：お元気になられて何よりです、わたしの急性泌尿炎もやっと快方に向かい、晴ればれ。先生がラグビーから、日本シリーズで阪神応援とまで、驚きました。わたしは、にわかラグビーファン、サッカーが始まると忙しいですね、お元気で。

＊邱羞爾：コメントをありがとうございました。私はスポーツは苦手で何もできないのですが、見るのは好きです。ただ、そうすると時間がかかって何もできなくなります。特に阪神の試合は長いので困ります。先生のお体が快方に向かっておられるとのこと、何よりの良報です。どうぞまた「徒然」に健筆を振るってください。

＊政信：邱羞爾さん　お元気なようで！嬉しいです。
ラグビーの試合！　ドキドキ　ドキドキ　心臓には良くないですが！
勝ててよかったですね！😁 Messenger見といてください！

＊邱羞爾：メッセージを見ました。写真をどうもありがとうございました。

・facebook.　(2019.10.16)

ハガキ

久しく連絡をしていないと、やっぱりヒーコーからハガキが届いた。彼はインターネットにつないでいないので、便りが面倒だ。ハガキを見たら、1円が追加で貼ってあった。なるほど10月から消費税が値上がりしたのだ。62円が63円になったのだ。封書なら82円が84円になる。さっそく返事をと思ったが、その1円がないので郵便局まで行って買わねばならない。浄土寺の郵便局は建て直していて、まだ完成していないから、切手を買うのも不便だ。
ここ数日、私は何度目かの断捨離をしている。断捨離と言ってもちっとも断捨離出来ていない。どうしても残してしまうものが8割がたある。だから無駄な時間と、これでも結構労力を使うから、肉体的消耗がかさむ。今回は主に手紙類を整理した。でも、差出人の名前を読むと顔が浮かび、その時の情景まで浮かんで、どうしても捨てられない。年賀状に暑中見舞いなど儀礼的なもののように見えるが、読むと、結構中身があって、残留の方になってしまう。私の優柔不断で気の弱さがもろに出てしまうのであろう。
私が退職して7年余になるが、その間頂いた「たより」の中で、驚いたことに50通近く同じ人からのハガキと手紙があった。主にハガキだが、さらに驚いたことにそのハガキに貼ってある切手が全部同じでないことだった。我が家では「ワンちゃん便り」として有名なワンちゃんからの便りである。そう言えば最近はちょっと間遠になっているが、ワンちゃんが外国旅行した時のハガキもあるから、正確に数えれば50通は超えているかもしれない。ワンちゃんとは4月に会おうというような話をしていて、互いの都合がつかぬまま今日まで連絡していない。
50通ほどの便りを前に、これが果たして断捨離出来るものか、私の悩みはますます深くなる。

・facebook　(2019.10.19)

出会い

今日19日（土）は朝から雨が降ったり止んだりと嫌な天気であった。でも、私の心は晴れやかであった。というのも、今日の土曜日の第2限に当たる心臓リハビリ・クラスで政信氏と会うことになっているからだ。彼は本来月曜日のリハビリなのだが、今月の15日（月）が体育の日とやらで休日だったので、その分の補充として私が参加している土曜日の第2限を選んでやって来てくれるのだ。わざわざこの時間を選んでやって来てくれるというのが、嬉しいではないか。
彼は京都産業大学の第1期生で、Blueridge Mountain Boysというアメリカン・カントリーミュジックの演奏グループの一員である。そのギタリストなのである。音楽が全くダメな私は、だから彼とは話が合わないのに、1度だけ彼が演奏する公演を見に行ったことがある。その演奏が良いか悪いかなど私にはわからないが、楽器を演奏できるなんて、私は畏敬の念を抱かざるを得ない。そういう敬意の念が、もしかしたら彼に伝わっているのかもしれない。
彼はいつも笑っている。今日もニコニコしていた。FBに載っている写真を見ても、お孫さんと一緒だからであろうか、相好を崩してすっかり好々爺の顔だ。そんな彼と、以前私たちは月曜日の第２限のクラスで一緒に心臓リハビリをしていた。一緒にリハビリをするなんてことは極めて普通のことなのに、このクラスの人たちとは特別に親しくなった。きっかけは山口真由さんの退職記念に共同で花束を送り記念写真を撮ったことだったかもしれない。私が花束を贈るつもりだけれど、乗りますか？と声を掛けたら、みんな快く応じてくれたのだった。そんなことが心を一つにすることになるものなのだ。その後、私が透析をするようになり、月曜日に参加できなくなったので、曜日を土曜日に変えることになった。

私が京都産業大学外国語学部に勤めていたのは、1975 年の４月から 1986 年３月までのことだから、政信氏は卒業してしまっていて、私とは直接の接点はない。でも、同じ京都産業大学なのだという気持ちがどこかに残っている。そんな縁でもあるからだろうか、政信さんも私には好意を寄せてくれている。私も当然好意を彼に感じている。そういうわけで、今日の出会いは誠に嬉しいものであった。彼は得意の写真器（スマホ？）を出して記念の写真を撮ってくれた。私はできることなら、今日の土曜日の第２限の参加者全員と撮りたかったが、全員に声を掛けるほど図々しくない。また、我々を指導してくれている弥生さん、良子さん、晴花さんそして幹大君と一緒に撮りたくもあった。でも、何か出しゃばっているような感じだったので、主任の弥生さんを入れた３人の写真が精いっぱいだった。政信さんはさっそく午後にその写真を送ってくれた。焼き付けて大きくした写真は、月曜にスタッフに預けておくとも言ってくれた。

私は思う。不思議な縁で、私に好意を寄せてくれる人がいたのだ。こんな嬉しいことはないではないか。何の能も芸もない私だが、嫌がらずに付き合ってくれる人が確かにいるという幸せを、じっくりと味わっている。

＊Shigemi Kanamori：皆さん満面の見事な笑顔ですね👋

＊邱羞爾：ありがとう。もう少し太っているかと思った。

＊ノッチャン：凄く素敵な写真です❣　いいね！

＊邱羞爾：ありがとう。笑っているなんてめったにありませんから。

＊幽苑：良い写真ですね☺

＊邱羞爾：ありがとうございます。個展、もうじきですね。今回も失礼させていただきます。申し訳ありません。

＊芳惠：先生、ご無沙汰しています。皆さんの笑顔、とても素敵です！

＊邱羞爾：ありがとうございます。お久しぶりです。元気で活躍のご様子、FBで時々見ています。

・**facebook.** (2019.10.20)

心臓リハビリテーション

私はある病から、心臓リハビリーに週一通っている。いわゆるフィットネスクラブみたいなものだ。ただ違うのは心臓の治療の一環として受けている。ここの医院15年以上お世話になっている。今も元気で音楽活動できるのは、ここの先生　スタッフの皆様のおかげだと思って感謝している。

週一のリハ、6人ほどで一時間たっぷり汗をかく。私は汗をかくほどしないが！いつも同じメンバーで長くやってるとそれなりに親しくもなるし、リハビリ中も会話を楽しんでいる。しかし何らかの事情で？リハビリやめたり、日程を変更する人も出てくる。その一人が邱羞爾さん、私より5歳年上で、実の兄と同年齢、私の解らん音楽活動にも興味を抱いてくれている。そして我が母校京産大で教壇にも立たれたということで特に親しみがわいてくる。もう一年ほど会ってないので急にお会いしたくなってスタッフの方にお願いしたら、調整してくれて昨日実現できた。活字の中（Facebook）でお会いするのと全然違う、お会いできてうれしかった。邱羞爾さん、リハの仲間、スタッフの皆さん、ありがとう！

現在の月一の仲間

＊邱羞爾：政信さん、昨日は本当にありがとうございました。とても嬉しかったですよ。お元気そうでよかった！月一の皆さんによろしく。

＊政信：邱羞爾さんもお元気そうでよかった☺　お会いできて嬉しかった。また機会作りましょ！

＊ウッチャン：お元気そうで何よりです。

＊邱羞爾：ありがとうございます。最近やっと少し元気になりました。それにしても、ウッチャンは今年も大活躍ですね。体に気をつけてください。

＊ウッチャン：ありがとうございます。今日はこれから新幹線で河南省安陽県に。

＊邱羞爾：なんと凄い！楽しいですね。

＊ウッチャン：今回は学会２つ掛け持ちです。明日安陽の漢字の学会で話してまた北京に戻り火曜ににほです。

＊邱羞爾：苦あれば楽あり、そう思ってご活躍のほどを！

・facebook.　(2019.10.20)

祭の日

今日 10 月 20 日はお祭りの日だ。私の地元は吉田神社である。このところ毎年であるが、この日には３つの神社のお祭りが重なる。南東の錦林車庫近辺の日吉神社に、北東の銀閣寺周辺の八神社だ。
お昼ごろに我が家の前を通った吉田神社の行列を写真に撮った。いつものごとくベランダからの写真だ。大人の御神輿担ぎが少なくなったので、御神輿はたいてい車に乗せて練り歩く。だから、子供のワッショイという声を聴くと、なつかしく晴れやかでうれしくなる。
今日は午後出かけた。浄土寺のバス停で待っていたら、雅楽の音が聞こえ祭の行列がやって来た。日吉神社の行列だ。中に獅子舞がいる。子供が入っていて可愛い獅子舞だ。２匹はいた。バスを待っている老人が、いきなり「噛んで！噛んで！」と叫んで、帽子をとって頭を下げた。ちびの獅子は、その頭を噛む格好をした。なるほど獅子に噛まれると良い運が開けるようだ。獅子舞の役目を新たに知った気がした。
バスに乗って銀閣寺道に帰ってきたら、太鼓の音と「おぅーさ」という独特の掛け声の行列にぶつかった。八神社の行列だ。北白川通りと今出川通りという交通煩瑣な道にのろのろと歩いて行く。おまけに馬に乗った宮司らしいのまでいた。八神社は大文字の送り火を取り仕切る神社だ。
３つの有名な神社の祭りが今日いっぺんに行なわれた。毎年こんな風に３つの神社のお祭りを見ているが、健康で長寿の御利益があるのだろうか。獅子に噛んでもらうでもなく行列に参加するでもないから、御利益どころか罰が当たらないだけ幸せなのかもしれない。いずれにせよ、雨でなくてよかった。

吉田神社の女神輿

＊ノッチャン：京都は、日常の中に素晴らしい行事が根付いていて、素敵です❣
それを見ておられる先生が元気そうで何よりです❣

＊邱羞爾：ノッチャン、ありがとう。少し元気になったかもしれないけれど、ちょくちょく失敗をやらかしています。この写真も、空ばかり大きく撮れて、女神輿が小さくなってしまいました。

・**facebook.** (2019.10.26)

シンパシー（共鳴）

私は見知らぬ人の文章に、シンパシーを感じたことがある。その文章の題名が何であったか、何について語られていたのかも、今ではわからぬのだけれど、確かにその文章に感心し、良い文章だと共感したことがあるのだ。そして、その文章の作者に共鳴したのだった。
その文章の作者は、北岡誠司と言い、北岡正子先生のご主人である。私と北岡正子先生とは同僚であったし、尊敬する先達であったから、誠司先生の文章が『野草』に掲載されたとき、興味本位で読んだのだと思う。そして、先に書いたように、丁寧な平易な文章と緻密な論理で、大仰でない書き方に、いたく感心し共感したのであった。
その誠司先生が亡くなったという噂を早くから聞いていたのだが、確認するすべが私にはなかった。人の生死に関することだからうっかりしたことは言えない。2，3の人に聞いたが、どうも曖昧であった。そのまま無為に時間を過ごしてしまったが、つい最近、『野草』に誠司先生の文章が載っているというニュースを入手した。そこで、あちこちの大学に非常勤で行っている忙しい私の知り合いに、コピーをしてくれるよう頼んだ。そのコピーが昨日届いた。
私はさっそく、誠司先生の文章を読ませてもらった。なるほど何の衒いもない、真っ正直な文章であった。そして資料にいちいち基づいて話を進めるいかにも学者らしい文章でもあった。私はきっとこの誠実な態度すなわち人柄に、一度もお目にかかったこともなく、顔も知らない先生ながら、共鳴したにちがいない。
文章の最後に、正子先生の「付記——北岡誠司と中国文芸研究会の縁」という文章があり、“本文の報告者北岡誠司は、本年一月急逝した。”とあった。
私は、ここでやっと誠司先生の死を悼み、正子先生にお悔やみを言うことができる。あまりにも遅く、申し訳ない気がするが、正確なことを知ったのが昨日なのだからお許しいただこう。この付記の文章も、努めて淡々とした事実に固執しようとする名文であり、正子先生のご主人に対する哀惜の情が良く出ている文章である。
シンパシーとは、最低二人の間に生ずる情なのかもしれない。当然ご夫婦の間にあるわけだが、それは今は述べないでおこう。私のは一方的な片思いに過ぎないが、もう一度言えば、誠司先生の書いた文章にいたく感動した覚えがある。なんという題名の文章かも忘れてしまう、だらしない話ではあるが…。誠司先生が強く関心を持っていた黄錦樹に関するものではなかったと思う。ナラトロジーによる分析の文章であったかどうかさえも、今では不明のままだ。でも、良い文章をお書きになったという印象は、いつまでも私の心に残っている。
どうか安らかにお休みください。

＊**邱羞爾**：このFB（あるいはブログ）を読んでくださった北岡正子先生から1つお叱りを受けた。私には「主人」はいません。いるのは「伴侶」です、と。これは失礼いたしました。

・facebook. (2019.10.29)

デート

今日は久しぶりに女性とデートした。私が少し遅れて約束の場所につくと、すでに彼女は首を長くして待っていた。折あしく雨が今日に限って降ってはいたが、会うなりすぐ２人して歩きだし、バスに乗った。バスは空いていたので、２人とも優先席に座った。というのも、彼女のお腹が大きかったからだ。彼女の言うところによれば、すでに産休に入っていて、12月が予定月なのだそうだ。だから、会った時真正面から見た時は、すんなりしていて色白にもなり、思わず「きれいになったね」と言ったのだが、横から見ると、なるほど大きな出っ張ったお腹ではあった。でも、彼女はスイスイと苦も無く歩く。それどころか私の足を気遣ってさえくれる。気の利く優しいところは以前と変わっていなかった。

彼女、ワンちゃんは、先に私がFBに書いたように、私が退職してから50通以上の便りをくれた人であるから、歩けなくなるまでに会いたいという言葉に、私も欣然と応えたのだ。２人で昼食をしながら、昔のことや、他の先生のこと、さらには育児のことなどを無責任に話して実に楽しかった。それで、少し食べ過ぎた。

食事が終わった後、腹ごなしに三条通りにある京都文化博物館まで歩くことにした。幸い雨も上がった。京都文化博物館では、「ミュシャからマンガへ——線の魔術」をやっていた。私はミュシャを見るのが目的ではなかったが、ワンちゃんがせっかく京都に出て来たのだから時間の許す限りぶらぶらしたいとのことだったので、ここにやって来たのだ。ミュシャについては2018年1月に出した私の『終生病語』の95頁に書いてあるように、東京で「スラブ叙事詩」という一連の大作を見たことがあり、その気宇壮大な圧倒的な迫力に感心したことがある。ところが今日の展覧は、それとは打って変わってポスターやグラフィックな作品で、うっとりするような甘美な世界を繰り広げていた。胸から下の艶っぽいすらりとしたしなやかな姿が特に人を引き付ける。顔やまなざしに目が行くが、実のところ下半身にミュシャの魅力があるように私には思えた。

２人でまた四条通まで歩き、私は堺町のバス停から帰ったのだが、バスに乗るまでワンちゃんは私に付き合ってくれた。私に言えることはせいぜい「赤ちゃんばかりではなく、ご主人も大事にしろよ」ぐらいの言葉だから、折から日が

射して来て眩しそうな彼女にそう言ってバスに乗った。帰宅して、早速ワンちゃんがくれたミャンマーの緑茶を飲んだら、PCに彼女が送ってくれた写真が届いていた。子を産むという楽しい夢に没入しているワンちゃんに、早くもお母さんらしい気配りと気遣いが見えたように私は思った。

＊ノッチャン：素敵なデートでしたね❤　いいね！

＊邱羞爾：ノッチャン、ありがとう。実は食べ過ぎて、私のお腹も大きく膨らんで苦しかったのです。

・**facebook.** (2019.11.09)

同窓会（1）

私にとっては一大イベントである附高の同窓会が11月9日（土）の昼に、当の附属高校の校舎で開かれた。私は附高を辞してから初めての探訪であったから、物珍しかった。幹事のマキシ君が丁寧なメールをくれて、京都駅からの近鉄特急の時刻を知らせてくれ、奈良駅で矢作のジイサンが迎えに出ると言ってくれた。予定通り、私は10時前に家を出て、奈良駅に着き、ジイサンと会うことができた。ジイサンと言ったって、彼は綽名ほどジイサンではない。タクシーの中で、お母さんが倒れ、病状が思わしくないことを語ってくれた。聞いていて、こんなところにいて大丈夫なのかいと言ったが、彼は責任感が強いのであろう、次回の幹事という役目もあって、今日の会の最後までいたのであった。

附属に着くと、早速マキシが飛んで来て、挨拶を交わしたが、彼はいささか興奮している感じであった。私は機会があったら、彼とは彼がかって作成した映画のことを話題に取り上げたかったのだが、彼は今日の幹事の長として緊張していてそれどころではなかった。靴を脱いで食堂に入る時に、クマコさんが来て早速私の靴脱ぎを手伝ってくれた。私はクマコさんがもしかしたらご主人の具合が悪くて来れないのではないかと気にしていたので顔を見て安心した。クマコさんがコーヒーを持って来てくれたので、ちょっと休んで、構内を参観している人達を待っている間に、幹事の幸作君や倫代さんや岡本クーなどが挨拶に来てくれた。今度の会は結構問題があって気が抜けず大変だったと言っていた。すでにやって来ていたノッチャンや喜多君なども「そうだろ、そうだろ。想像がつく」と言って笑っていた。要するに幹事同士の中で個性が強い者がいて物事を決めるのに時間がかかったということだ。個性強く自由であるのが附高の校風であるから、素晴らしい成果だともいえるではないか。
北尾副校長がわざわざ構内を一緒に回って案内してくれたそうだが、私は足が良くないので失礼した。最初に集合写真を撮った。記念写真はいつも最後だが、先にやってしまおうという合理的なのはマキシならではのことだ。撮影者は、これはこのところ決まって今中氏だ。彼は常に黙々と写真を撮って回っている。得難い人材だ。珍しく、のちのスピーチで自分一人が運営し、作成している仕事だと自負に満ちたことを言っていたが、それが何の会社であるか私は聞き逃してしまった。私はこのように肝心なことが抜けていることが多くなった。
私の席の前は北尾先生だ。気さくに話を合わせてくれて、私を含めたみんなの話にいちいち応えてくれた。附高生の活躍を紹介し、寄付を募っているという話をして退室された。私は今日の会のみんなが１人100円を出して寄付したらどうかと思ったのだが、北尾先生は寄付は１口１万円というので、うっかりしたことは口にするものではないと慌てて押しとどめた。今日の会は、土曜日の昼間に開くという変則的な会であったから、いつもより集まった人が少なく、30名であった。
この参加者が少ないことをマキシは大いに気にして、スピーチのとき、みんなに時期はいつがいいかとか、昼間か夜のどちらがいいかとか、曜日などをいちいち聞いていた。喜多君がそういう発想がおかしい、何時でもやれるときにやったら良いのだと切り返していたが、喜多君は来年春に退職だそうだが、随分と多様な発想をすることができるようになったと私は思った。彼は、今日は私に特に親切で、いろいろ世話を焼いてくれたし話し相手にもなってくれた。最後に私の帽子もちゃんと持って来てくれたりもした。そこで、彼に私はこっそりと女性陣の名前を教えてもらった。あの机の角はだれだれさん。旧姓は何、と。でも、私は聞いてすぐ忘れてしまうのだ。彼は言う、人の名前を覚えられるのはせいぜい20人までで、それ以上になると例えば30人になると30人全部忘れてしまうものなのだ、と。今日は彼にいろいろ教えてもらったが、１つだけ私はいいことを言ったと思う。それは定年ならば、今までの研究を本にまとめろ、と言ったことだ。彼のことだ、きっとまとめることだろう。
私の席の隣は好恵ちゃんだ。彼女はいつもダイビングにご主人と行っている。だから気安く２人とも元気だねと言ったら、ご主人はバイパスが３本も入っていると言う。びっくりした。その心臓を鍛えるためにダイビングをしているのだそうだ。そして好恵さん本人も歯痛から入院して声帯まで傷め、声が一時出なくなったそうだ。いやはや人は内側ではどんな物語を持っているのか、計り知れない。
右斜め前はサキエちゃんだ。彼女とはよく一緒になることがある。ご主人の隆男君は元気か、と聞くと、このごろよく疲れると言っていると言う。後継者はできているかと聞くと、まだ大学院で学位が取れていないと言っていた。学位が取れるまで隆男が持つか心配だと彼女は言うが、でもこれは楽しみな話だ。
その奥が山崎氏。彼はすっかり柳汀会に溺れていると言う。ＰＴＡの会長以来、私は彼の紳士的な態度を見直しているが、自らの仕事を二の次にして頑張っている。当然のことながら、北尾先生と話がよく合うようであった。

＊Yoshie：先生、今日は、遠い所来てくださりありがとうございました 久しぶりに先生のお顔を見ることができて、とても嬉しかったです いつも、拙い写真を見て下さりありがとうございます。これからもお元気で、また、来年の同窓会でもお会いできるのを楽しみにしています。

＊邱羞爾：こちらこそ元気になった君の顔を見てうれしかったですよ。この次にまた会いましょう。

・facebook　(2019.11.09)

同窓会（２）

私は今日の昭和48年付高卒の同窓会で２回話をした。ここに書いておこう。
１つは、乾杯の音頭である。
{今日はお招きいただきありがとうございます。私が一番年上のようですから、僭越ながら乾杯の音頭を取らさせていただきます。皆さんの顔を見て、私はとても嬉しいです。皆さんの健康と長寿を祝い、そして北尾先生及び付高の発展を願い、幹事の皆さんへの感謝を込めて、乾杯いたしましょう。乾杯！}
もう１つは、挨拶だ。
{少し話をさせていただきます。昨年の10月13日にも話をさせていただきました。その時は河島英五の「時代おくれ」ではなく、ウルフルズの「ええねん」の精神で行こうと言ったのですが、この１年、私自身は相変わらずしょぼくれていますが、それでもいいことがありました。そのいいことの一つは、私事に渡って恐縮ですが、家内が退院したことです。約２年余りの入院生活、それも３つも病院を変えて、やっと退院できました。この時はクマコさんに大変お世話になりました。例えば、身内だけしか入れない病室に、家内の従妹だと偽って入り洋服の寸法を測ったりして作ってくれたのです。それも今では楽しい思い出となりました。そして、私もこの１年間に入院することなく過ごしています。

以前、皆さんが還暦を迎える時に、私は自分の経験では60代が一番充実していたと言いました。皆さんは多分年金を受給する年になったのではないでしょうか。とすれば60代も半ばまで来ました。どうぞ、花の60代を生かしてください。というのも、私のように後期高齢者を過ぎた年齢になると、とたんに体にガタが来ます。そういうことを見据えて、今から体だけは鍛えておいてください。頭の方はマスマス幼くなります。難しいこと複雑なことを単純化します。これは必ずしも悪いことではありません。例えば、吉村ケチ君――彼は今日は来ていないようですが、彼が私から習ったと言って、今でも暗誦してくれる「桃夭」という歌があります。「桃の夭夭（ようよう）たる 灼灼たる其の華 之（こ）の子于（ゆ）き帰（とつ）げば 其の室家に宜しからん……」この単純明快なシンプルな描写が持つのんびりした愉快な平和な空気を、つくづくと人生の深みのある歌だと鑑賞できるようになります。

ですから、年を取りシンプルにものを見ることは決して悪いことではありません。附属を卒業してもう50年近くなるではありませんか。皆さんにはそれぞれ随分いろいろな複雑で困難なことがあったことでしょう。先ほど矢作君からも苦しいことを聞きました。でもそういう困難を乗り越えて、あるいは乗り越えつつ、ここまで何とか生きてきましたから、これからも何とか丈夫で楽しい人生を送るようにしましょう。

そう願って、私の話を終わりとさせていただきます。どうもありがとう。」

この話は、幹事さんからすれば予想外に短かったそうで、マキシからチクッと皮肉られた。「随分短かったですね」と。

私はこれでも長いかと思った。「桃夭」では詩全部を読めばよかったのかもしれない。中国語で最初だけ発音したが、それも全部やればよかったのかもしれない。

リ君が、笑いながら、「先生、あの桃夭という奴は、私は会社の結婚式のとき、いつもやるのですよ」と言う。私も笑いながら「それはいい。うってつけだ」と応じた。あとのスピーチのとき、幸作君が「私も暗記できるんですよ。あの詩には何か自然な不思議なものがありますよね」と言ってくれたが、とても良く鑑賞してくれたと思ってうれしくなった。

・facebook. (2019.11.09)

同窓会（3）

今回は、同窓会に皆勤だったガマさんや、マキコさん、キサコさん、ナオちゃんそれにリョウコさんなどの顔を見ることができなかった。またトコの顔と声も聞けなかった。金モリや良史君、マサオ君に福井君、洋一郎君やヤンチなどの姿も見なかった。一番残念だったのはマウンテンとヒロマサ君の漫才が聞けなかったことだ。でも、みんなのスピーチを聞いていると、人それぞれの人生があって、同情もし、喜びもし、十分意義があった。リ君は自分の本『悲しき骨董』がまた出ると言っていた。そしてアメリカで生まれた息子さんが、もう結婚する年になって、日本にいるフィアンセをアメリカに呼ぶのに苦労していると言っていた。奥さんを亡くしてもう10数年になるから、親としての気苦労もかなりあるらしかった。オホリは相変わらず泰然とにこやかな顔をしていたが、話に拠れば、この4月にお母さんを亡くしたのだそうだ。かと思うと、カオルさんだったか（間違っていたらごめんなさい）、お孫さんが生まれたと言っていた。それを受けてケイコさんだったか、羨ましいとスピーチした。カオルさんは終了間際にわざわざ私の席まで来て、家内のことに言及してくれた。どうして家内を知っているのかと聞いたら、「個展を見に行ったことがある」とのことだった。あの個展は今振り返れば躁うつ病の躁の頂点だったかもしれない。あれは2014年の4月であった。
チサコさんが早く退席すると言って、スピーチを早めたが、話はバイオリンのお弟子さんの公演のことであった。お弟子さんのことで気をもむ、そういう年になっているのだと感じた。ノッチャンはもう仕事はやめるという。そして今は愛犬のハルのことでいっぱいのようだ。赤いリボンをつける運動をしていて、来年の1月末に「ミニしってほしい展」をやるそうだ。それで楽しく、忙しいらしい。チカコさんは元気そうだ。それで辻君は元気かと私は聞いた。この学年には同じ学年で結婚した組が4組いるそうだ。辻君、隆男君、下出君に高岡君だそうだ。マツオさんは相変わらず手芸に精を出していて、12月から（？）百貨店で個展を開くと言っていた。岩佐さんが、年金受給よりも介護保険料を2か月分先に取られたのにはびっくりした、と言ったのにはみんな大いに笑った。身に覚えがあるからだ。清水さんは今日は西口君と話し込んですっかり打ち解けていた。同じ仕事をしているのですと言っていた。私はどうやら間違えてしまったらしいが、清水3姉妹のうち、彼女は二女だと思っていたが、長女であったろうか？少なくとも1人の妹さんを教えた覚えがある。だいぶ私はボケて来ていて、ユキコさんには、せっかくこちらの席まで来てくれたのに、近藤嘉宏のピアノのＣＤや「こんふぇいと」をもらったのに、お礼の一言も言わなかった。本当に申し訳ないことをした。カーさんの話は何であったか忘れたが、相変わらず貫禄十分な態度であった。オハギとはこの頃まともに話をしていない。私の見るところ、すっかりおとなしく淑やかになってしまったようだ。話をしていないといえばカズヨさんともしていない。彼女は今、肩が上がらず困っていると言っていた。これが流行りの65肩かも知れないと言っていたが、そんな肩があるのだろうか。クマコさんはご主人がまた割腹手術をしたと言う。それで今は、思い立ったらすぐ好きなものを食べ好きなところに行くようにしていると言っていた。困難な状況に応じて、みなうまく適応しているのだ。寺田君がガンの治療で頭髪がすっかり抜けてクリクリ坊主頭になったと言う。今は次の治療のためにやっと5分刈り程度の髪の毛になったと言う。私は彼のステージフォーだとか言うのにびっくりした。見たところ元気そうだ。私も放射線治療から血尿が出る話を彼にしたが、彼の方がずっと深刻だ。でも、彼は明るくこんなところにやってきて喋っている。1つの生き方を身をもって教える姿と言える。西口君には去年会いたかったのだと話した。彼は以前と違って積極的に話すようになった。家内のことでは周りからあまりプレッシャーを掛けてはいけない。急いで回復させてはいけないとアドバイスをしてもらった。野村君が定年になってから職もなくなってハローワークに職探しに行ったと、あっけらかんに話したのにはいささかびっくりした。彼は去年同様、私を近鉄の駅まで送ってくれて、構内のホームまで来て、私が指定座席に座るのを見届けて帰って行った。このようにきちんと生真面目な彼ではあるが意外に楽観的なのだナと感じた。彼の対応はいつも私よりも年上のように落ち着いて噛んで含めるようにする。どうもありがとう。オトコマエのスピーチで、彼は独り者だからなんでも手あたり次第いろんなことをやっていると言った。狂言から小説書きまで。そのために文学学校にも通っていると言うのには驚いた。
倫代さんがスピーチで、幹事の長であるマキシのことを話すかと思っていたら、幹事会のことには触れず、盲導犬のラブラトールが赤ちゃんを産んで、全部貰い手が決まったという話をしたのには感心した。頭の良い人だと感じ入った。岡本クーがこの服は自分で作ったのですと言うのにも、感心した。なかなか暖かそうな立派な服であった。私はマキシに十分にお礼をしなかったのが心残りであったし、いつもするカンパもしなかったのが気になっている。お土産として「懐中じるこ」と「(小豆及び玉子」せんべい」を頂いた。往復のタクシー代も支払ってもらったし、さんざん散財させてしまったと申し訳ない気持ちでいっぱいだが、せいぜい今日は陰気な気分でなく明るい気分で私は過ごし、みんなに頑張れよという姿を見せたから、良しとしてもらおう。
(追) 野村君が、山中竹一先生のオーケストラの後継団体が公演する。指揮者は娘さんの充子さんだと知らせてくれた。

＊眞紀子：行けなくて残念だったけど、先生がいっぱいいっぱい書いてくれて、目

の前にみんながいるみたい❣こんなに書くのは大変だったでしょ、先生、ありがとうございます☺ 寺田君、ファイト！💕 涙出そうや。みんなに感謝❣

＊邱羞爾：君に会えなくて残念だったよ。みんな苦労をしているんだね。健康に注意してまたこの次に会えることを願っているよ。

＊邱羞爾：私は最後に小吹君と話をした。彼は「フェアトレード・サマサマ&オイコクレジット・ジャパン」という活動をしていて、それがやっと高学年にまで来た。これからが楽しみだと言っていた。

＊Momilla：邱羞爾先生、昨日は私たちの同窓会にご出席いただき、ありがとうございました。またさっそくブログでご紹介いただき、重ねてお礼申し上げます。最初のご挨拶で奥様がご退院されたとのこと、先生のご健勝と併せ、同窓生にとって何よりの朗報かと思います。
今回は昼の開催だったため、参加できなかった皆さんもいますが、そのあたりは幹事も気にしていましたので、次回はまた参加者が増えるような形になるかもしれません。私はたまたま近鉄のホームまで出られますので、昨年に続き先生をお見送りできた次第です。奈良駅も以前よりはましになったとはいえ、バリアフリーにはまだ程遠いところもありますので。

＊ガマサン：先生　ご無沙汰しています。先生のコメントと今中氏の写真で、その場の雰囲気を味わっています。先生にお会いできなくて残念です。　今年も参加したかったのですが、土曜日の朝の仕事を休めず、（今年は父が亡くなったときに休みをとったので）今回は欠席してしまいました。こちらのブログにも久しぶりでお邪魔しました。七月末に父を亡くしてから、飛ぶように日々が過ぎました。今年の二月に木更津に移ってもらい、ちょうど半年で旅立ってしまいました。あっという間に体調が悪化し、私が受け止めることができないうちに逝ってしまいました。何が良かったのかと今も考えますが、せっかちの父らしい最期だったなあと思います。これで夫の両親、私の両親、親と呼んだ人をすべて見送り、不孝者ですが、子としての務めは果たせたかなあと思います。65歳になりましたが、帰宅困難者の一員になるなど、初めての体験もあり、まだまだ知らないことは山のようです。

来年の同窓会には出席できるようにと願っています。先生もご自愛ください。

＊邱羞爾：Momilla君、コメントをありがとう。今回もお世話になりました。ありがとうございます。どうぞ元気で頑張ってください。

＊邱羞爾：ガマさん、コメントをありがとう。お父さんのご逝去をお悼み申し上げます。台風15号に19号、それに続く大雨とあって、君の心配をしていました。またこの次には元気なガマさんを見せてください。

・facebook. (2019.11.16)

転んだ

こんなみっともないことを書きたくはなかったが、今日15日にとても親切に手当てを受けたので、感激して書いておこう。
昨日14日は、家内の3週間めごとの診察であった。それが終わり、薬を受け取って、左京区役所に向かった。左京区役所は不便なところにあり、自動車や自転車、バイクがある人ならばともかく、徒歩の私が行こうとすれば、市バスを利用するほかない。ところが丸太町京阪前のバス停からは65番しかない。いや、一本で行ける65番があったのは幸運だ。だが、この65番は1時間に1本しかないのだ。なんたる不便なことか！ 私はいつも用事があるたびに憤っている。もう一つ4番のバスがあるが、それはここを通っていない。4番だって1時間に2本しかないのだ。左京区役所は総合庁舎として、左京に住む私のような住民はすべての手続きがここで行なわれるから、せめて市バスの路線を増やすなり、本数を多くすべきだ。
バス停で降りた時には、もう4時近くなっていたので、私は速足で歩いた。歩く一方、後ろを向いて家内に「お前の歩き方はちょこまかしているから、転ばぬように気をつけろ」などと言った。バス停から区役所まではバスの1駅ぐらいの距離がある。道は平らなアスファルトの道路であった。私は杖を手に速く速くと歩いた。すると向こうから1人の男性がやって来た。普段は、私が杖を持っているので向かいの人はよけてくれる。ところがこの人はなかなかよけてくれないので、私の方からよけることにして1歩前に踏み出したときに、私は前に転んだ。右の肘と右の膝が痛んだ。なんだかネバネバしたものが貼りついた感じがした。助け起こされ、私は「大丈夫です」と言って、そのまま役所に入り、インフルエンザの「負担区分証明書」を取った。こんな証明書なんて今まではいらなかったのに、透析をする北白川クリニックでは、今年に限り取って来いと言う。それで、イヤイヤ区役所に来たのだ。
家に帰って下着を脱いだら、上のシャツの右腕の部分と、下のズボン下の右ひざの部分が血だらけであった。さっそく脱いで、水につけた。絆創膏を家内に手伝わせて貼った。新しいシャツを着た時に、腕の部分が引っ張られて、ビリっとした。そしてまた血が出てしまった。続けてシャツもズボン下も2枚血だらけにしてしまった。もちろんズキズキと痛む。でも、顔や頭に怪我がなく、骨にも異常がなさそうだったので、不幸中の幸いであった。
今日15日、絆創膏を取り替えて透析に出掛けた。透析開始のとき、看護師さんに昨日の傷のことを訴えた。すると、イシモトさんを初めナナミちゃん、ユウコさん、アケミさん、オオツキさんなどが寄ってたかって、傷口を見、処置をしてくれた。ナナミちゃんなどは、絆創膏をはがすとき、痛いであろうと、水で濡らしてソウっとゆっくりはがしてくれた。赤木先生が傷を見て、「こんな外傷なら絆創膏を貼っておけばよろしい」と言ったので、さっそくみんなで消毒をし絆創膏を貼り、膝にはネットまでしてくれた。更にガーゼが家にはないと言ったので、かなりのガーゼと絆創膏を出してくれた。
私は自分の不始末のせいで、こんなに余計なことでお世話になって感激した。更にアンホェイなどは、「大変でしたね、気をつけてください」とわざわざ言いに寄って来てくれた。
私の足は脊柱管狭窄症のせいで、足裏がしびれて、しっかりと土を踏んでいない。フラフラする。それで杖を持つようにしたのだが、今回は杖は何の役にも立たなかった。今日も魔法瓶が壊れたのでやむなく買いに出かけたが、一歩一歩踏み占めるようにして歩いた。それにしても、思わぬ親切に預かって、私は気分良くうれしく帰宅した。鴨川縁の紅葉がきれいで、特に銀杏の黄色がきれいだった。残念ながら写真器を持っていなかった。

＊やまぶん：長い間ブログを読むばかりでコメントを書かずにすみません。転んでけがされたそうですが、どうぞお大事に。「痛いの痛いの飛んでけ！」と言うのは失礼なので、大江健三郎に倣って「痛みは人生の親戚」と書いておきます（でも痛みの軽減にはなりませんね、ゴメンナサイ）。

＊邱羞爾：やまぶんさん、お久しぶりです。お元気でご活躍なようで、嬉しい限りです。私の方は相変わらずしょぼくれた生活を続けていますが、転んでも、今

日はリハビリのクリニックで、副院長自ら傷の手当てをしてもらって、まんざらでない気分です。副院長は勿論女性です。

＊ヘメヘメ：くれぐれもお気をつけください。うちの父も数ヶ月前転んで血だらけになり、骨折や捻挫はなかったものの、それ以来、足がずっと浮腫んだ状態です。

＊邱羞爾：コメントをありがとう。お父様も大変でしたね。年を取るとなかなか治らないですからね。今日はまだ痛みも残っているし、出血が怖いので、私は風呂に入るのをやめました。

＊修：こんなことを書いては先生にひがまれますが、今日四カ月ぶりに隣の小学校校区でのグランドゴルフに行ってきました。歩行計は総計4.5キロ。得点は何とか二ケタ台、いいお天気でした。

＊邱羞爾：先生、お元気でご活躍なようで、嬉しい限りです。私の方は相変わらずしょぼくれた生活を続けていますが、転んでも、今日はリハビリのクリニックで、副院長自らの傷の手当てをしてもらいましたから、まんざらでない気分です。副院長は勿論女性です。

＊修：先生はいつも女性にモテますね！！

＊幽苑：大変でしたね。骨折じゃなくて良かったです。転倒が一番怖いですから、くれぐれもお気をつけてください。

＊邱羞爾：幽苑さん、ありがとうございます。これで２回目です。おっしゃるように、骨折でもなく頭顔の傷でもなくて不幸中の幸でした。

・facebook. (2019.11.18)

今度は歯痛

先週の金曜日の夜から、急に左上の前歯の辺りが痛くなった。土曜日になったら、鼻の下の上唇の上あたりがズキズキと痛み出した。この痛みには覚えがある。夏にやった歯周病と同じだ。あの時は食事が食べられなかったが、今回は、まだ食べることができる。それでも歯医者に行ってみよう。幸いこの歯医者は、日曜日でもやっている。
予約し、日曜の午後に行ってきた。抗生物質をもらって、アズノールでうがいをするようにと言われ、戻って来た。
今日月曜日は透析の日だ。前歯の辺りはズキンズキンと痛むけれど、とにかく寝てしまおうと、Eテレの「お母さんといっしょ」が始まる頃から寝てしまった。
10時過ぎごろに血圧を測りに来てくれる。転んでけがをしたところが右ひじにあるので、巻き付けるベルトがきつい。そうすると血圧が上がってしまう。ユウスケ君がノゾミちゃんと2人で肘と膝をあけて、先生の診察を待ってくれる。2人は絆創膏で肌が引き連れて痛いのを考慮してくれて、ソッとはがしてくれる。この配慮がありがたい。
ところがその時、「歯から血が出ていますよ。どうしたのですか？」と言う。歯から出血しているなんて、左腕を固定して上を向いて寝ている私にはわからない。チリ紙で口を拭ったら、なるほど血がついた。真っ赤になっていて、まるで「人を食った」ような歯だ。
赤木先生は外傷には意を払わず、抗生物質を1日3回も飲んではダメだ。お前の体にはきつすぎる。歯から出血をしているから、今夜のワーファリンは飲むのをやめなさい。そして、できるだけ今日また歯医者に行きなさい、と言ってくれる。
今のところ容態は静まっているが、アンホエイが言うように「痛々しい」様子であったのだろう。ヤレヤレ体調が大変悪いし、情けない。

＊純子：歯のトラブルは本当に憂鬱ですね～それにしても「お母さんといっしょ」（笑）を先生、ご覧になっているのでしょうか？かわいい～

＊邱羞爾：コメントをありがとう。歯痛は峠を越えました。肘と膝の怪我もほぼよくなりました。あとは眠いだけです。

＊純子：よかったです！しんどいことって続きますね。お大事になさってください！

＊へめへめ：またまたすいません。うちの父が八月に同様の症状で歯医者で歯茎の膿を取ってもらっていました。80前後になると色んなところにガタが出るようで、仕方ないと言っていました。先生もくれぐれもお気をつけください。

＊邱羞爾：コメントをありがとう。君のお父さんと全く同じで、歯茎がやられました。確かに「80前後になると色んなところにガタが出る」ようですね。インフルエンザの予防接種をしてから体調が悪くなった。

＊へめへめ：すいません。ガタが来る、でした。

・facebook. (2019.11.23)

疲れた

今日23日は勤労感謝の日と言う。空は晴れて雲一つない晩秋の京都の青空だ。午前中からある用事のためにバスに乗って出かけた。市バス５番のバスはスムーズに京阪三条駅前まで進んだ。そこで降りて用事を済ませ、帰りのバスとして京阪三条駅前から５番に乗ろうとした。岩倉駐車場行きだ。
ところがバス停は長蛇の列だ。ほとんどが日本人の観光客だ。感心したことには、ちゃんと歩行者の邪魔にならぬように、横に１列に並んで待っている。５番はなかなか来ない。掲示板に「まもなくまいります」という掲示が出ても、なかなか来ない。なまじこんな掲示があるから、余計いらだちを覚える。やっと来たと思ったら、バスの運転手はドアを開けない。「満員ですから、次のバスに乗ってください」と言い、走り去った。次のバスがまたいい加減イライラするほど待たせて、やっとやって来たと思ったら、またしても「満員ですから、次のバスに」と運転手は言い残して、さっさと去っていく。５番のバスは、平安神宮から南禅寺・永観堂へと行くバスなので、こんなに人が多いのだ。皆のお目当ては、永観堂の紅葉だ。
私はかなり忍耐強く何台もバスを待っていた。５台は待っていたから、かれこれ１時間は待っていて、置いてけぼりにあったわけだ。その間、他のバスが来なかったわけではない。12番のバスだが、これは金閣寺行きのバスで、この停留所からは誰も乗らないのだ。私の周りの待っていた人は多くがタクシーに乗り換えようとしていた。タクシーの取り合いが始まり、これも大変だった。もちろん歩きだす人もいた。いつの間にか、私は先頭に立っていた。京阪三条のバス停だから、大阪方面から来た人が多い。バスは京都駅始発だから、ＪＲなどで来た人、そして四条河原町を通って来るから阪急電車でやって来た人などが乗っているのだろう。まさに観光京都の祭日の面目躍如と言ったところだ。
私は、6台ほどバスに乗り損ねてから、河原町三条に出て違うバスに乗ろうと、やっとそこを離れ、杖をつきつき歩いた。そして17番のバスに乗ったのだが、それとて満員で、どうにかドアの片隅に乗ることができた。このバスは銀閣寺方面に行くバスだから混んでいるのだ。とにかくこのバスの運転手はドアを開けてくれたので、私は乗ることができた。そして、マイクで運転手が言うことには、「今日は市バスが一番混む日です」と。苦笑の笑い声が上がった。
もちろん私はずっと立ったままで、銀閣寺道まで乗ったのだが、家に帰ったら、クタクタに疲れてしまっていた。混んだバスに乗っただけではなく、長いこと立って待っていたことが却って疲れを増したのだろう。腹も減ったこともあろう。京都に住む者ならば、こんな良い天気に出歩くものではないとつくづくと思った。

＊九州より：初めてコメントします。むかし京都で学生生活を送ったことがある、古希を迎えた爺です。行楽日和に、京都の人は意外と名所旧跡には出掛けないかもしれませんね。
下宿の叔母さんが「京都のもんはあまり名所などには行かしまへん。よその人の方が詳しゅうおます」と言っていたのを思い出しました。

＊邱羞爾：「九州より」さん、コメントをありがとうございます。おっしゃる通り、京都の人はなかなか名所旧跡には行かないものです。但し、「京都の人」になるのは、何年何代も住んでいないとなれないので、私のような者は、なかなか「地の人」にはなれません。

＊幽苑：先生、大変でしたね。京都市民にとって観光シーズンは、ある意味日常生活を脅かすとも言えます。バスやタクシーも思うように乗れないのでは、外出もままなりません。

＊邱羞爾：あれッ、上海ではなかったですか？師走前の上海、ゆっくり絵を楽しんでください。それにしても、コメントをありがとうございました。

＊幽苑：先生　今上海です。便利な世の中です。本来は中国ではfacebook は出来ませんが、VPNの契約をすれば問題なく出来ます。サービスアパートメントもレストランもwifiを使えますので、日本にいるのと変わりません。

＊邱羞爾：中国はもうすっかり変わってしまい、私にはわからない世界となりつつあります。其の点、幽苑さんはしょっちゅう空気を吸っているので、相当なエキスパートになりましたね。

＊ウッチャン：実は夕方、高台寺に行きましたが、いやあ、四条河原町からずっと人でした。車道を歩くしかありませんでした。

＊邱羞爾：ウッチャン、コメントをありがとうございます。ウッチャンの足の軽さには感服です。高台寺にはしばらく行ったことがありませんでしたから、ウッチャンの写真は有益でした。でもちょっと言わせていただければ、もうちょっと鮮明な写真がほしかったです。

・**facebook.** (2019.12.01)

お願い

12月となりました。毎年のように私はまた、このFBやブログをまとめて本にしようと思います。単なる私の独り言を本にするのに、どんな価値があるのかと思わぬでもありませんが、所詮私の一生は自分の世迷言と愚痴に過ぎないではないか、そういう奴の証をこの世に残しておいても、そんなに人様の邪魔にもなるまいと思い、まとめて本にしようと思います。私の贅沢な趣味でもあります。
そこで、お願いです。コメントを書いてくださった皆様の著作権を放棄してください。「著作権を放棄」などと言うと大げさですが、まとめて私の名前で自費出版する以上、必要なことだけは押さえておきたいと思いますので、よろしくお願いいたします。
もしご異議がありましたら、その旨私宛にメールなどでお申し出ください。

・facebook. (2019.12.03)

本を買った

はらだ おさむ先生が本を出すというので、早速注文した。11月30日に届いた。 はらだ おさむ著『古文書徒然』（大塚印刷、2019年11月25日、274頁、1,500＋α円）
私は近頃本などを買ったことがない。置き場所に困る。お金を使うのももったいない。本を読まなくなった、いや、読めなくなった、等々いろんな理由があるのだろうが、要するに、本を必要とする生活ではなくなってしまった。知的刺激を必要としないということで、日に日にダメになっていく感じがしている。
そんな中で、はらだ先生の本を買う気になったのは、実は、先生も自費出版だろうから、1冊でも買って少しのお助けになればよいという気持ちからだった。ある意味で、失礼な態度ではある。でも、私自身が自費出版ばかりしているので、お金の援助ももちろんだけれど、とにかく買ってくださるという行為が実に嬉しいものであることを知っているから、少しでもはらだ先生のお手伝いになればよいと思ったのだ。
買ったからには、読まねばならぬものだ。でも、パラパラとめくってびっくりしてしまった。とても、寝そべっていい加減な気持ちで読むような軽い本ではなかった。もちろん私は古文書などを全く知らない。「乍恐」も読めない。はらだ先生が「あとがき」で書いているように、先生は「70歳の晩秋」、「乍恐（おそれながら）」も読めなかったのに、自らその後勉強して、古文書を読みこなし、読み取ったことに対する意見を、会報に発表したのである。現在傘寿を超えて、細かな文字を解読し、事柄の背後を眼光鋭く洞察しているが、その力には感嘆する。その証拠となる洞察の文章の集まりが、この「徒然」であったのだ。私は徒然（つれづれ）というからきっと気楽な軽妙な文章があるのだろうと思っていたが、なんと浅はかであったか、実に恥ずかしい。最初の「“雪の殿様” と天保上地令」からして、土井利位（どい・としつら）が天保の大飢饉のとき、『雪華図説』という本を出していたという話である。大飢饉という社会の問題、政治の問題の中、趣味的な雪の結晶の観察に凝っていた殿様など、どんな価値があるのか？ はらだ先生の問題意識は、簡単そうでいて実のところ深い。それは、今現在に残る業績とは何であるかという視点が横たわっているからである。
古文書を読み解いていくならば、これまでの人々の行ないが今現在の我々の前に展開するではないか。展開された人々のあの行ないが持った意味とは何であったのだろうかと、私自身に呼びかけるではないか。人の生、人の価値とはいったいなんであるかという問いを、この本は常に発し続けているゆえに、重いのだ。
近ごろのように、軽くて泡のごとく消えて行く言葉の氾濫の中で、事績をもとに論理的に丁寧にたどって、人の生を問う思考は、重いけれど爽快さがある。爽快さは清々しくて楽しい。買うに値する本であった。

＊修：先生　ご丁寧かつ鋭いお言葉をいただき、ありがとうございます。

・facebook.　(2019.12.07)

お歳暮

私はこの１年、贈り物をくださった方や援助をしてくださった方に，感謝の意を込めてお礼として、お歳暮を贈っている。
そうしたら、そのお返しを又頂いた。家に残っていたサプリメントだとさりげなく言って手紙と一緒に贈ってくださった人がいる。良香さんだ。また、おいしいと言ったので、親切に私の体のためになるからと減塩のおみそ汁を贈ってくださった人がいる。これで、減塩のおみそ汁は３回頂いたことになる。ノッチャンだ。東北の復興支援を兼ねて「斉吉」の佃煮を贈ってくださった人もいる。この前も、東北の「斉吉」の品だ。芳恵さんだ。
しかし、私としてはとても嬉しいけれど、申し訳ないとも思う。いくら「礼は往来を尚（たっと）ぶ」と言っても、これではこちらが差し上げたことが、却って返品を要求する強制となってしまいそうではないか。
また、今年お世話になったお礼だとリンゴを贈ってくださった人もいる。むつ子さんだ。大きなおいしそうなリンゴだ。私の家では毎朝朝食に果物を食べる。梨も柿もブドウもキウイもどれもおいしいが、やっぱりリンゴが一番おいしい。これは、子供らが帰って来るお正月に食べることにしよう。とはいえ、これも困る。私はこれと言ったことを何もしていないのに、贈り物を頂くのはとても嬉しいけれど、恐縮の至りではないか。私はお返しをしないので、いつまでも申し訳ない気持ちでいっぱいだ。
私の知っている中国の人は大概物を貰ってもお礼を言わない。なまじお礼などを言うと、また寄越せと催促することになるからだそうだ。なるほど、この態度には一理ある。でも、日本人たる私は、物を頂いてそのままというのも、全く気が済まない。落ち着かない。せめてお礼の言葉だけでも言おうと思ってしまう。
昔、私が学校の先生であった時には、担任教師などしたら、お中元やお歳暮のときなど、大変な贈り物の山となり、車１台買えるほどになるという話さえあった。さすがに虚礼廃止の声が上がり、私が高校や中学の教師をしているときには、贈り物は受け取らないことになり、貰った覚えはない。お礼をしようという気持ちはよくわかるが、それを物品で表わそうとすると、一筋縄ではいかなくなり、面倒になるものだ。学校の教師のときの経験は、今でも大変良いことであったと思っている。

ブログ「Munch3」のアドレス：
https://53925125.at.webry.info/

あとがき

ここまで読んでくださった方はおわかりのように、家内が2019年5月9日に退院した。家内は2年に及ぶ闘病生活をし、実は今も続けている。完全に元に戻ったわけではないが、だいぶ回復している。この期間、多くの人が声援援助してくださった。心からお礼申し上げる。完全回復でない証拠には、毎日ソファーに寝そべってTVばかり見て外出をあまりしないことだ。散歩など勿論しない。体を動かすことをしないので、かなり太った。外見上は健康そうに見えるが、他者と話をしたがらない。医者は徐々に見ていくしかないと言う。そのせいもあって、私まで行動的でなくなった。

家にいてTVを見、新聞を見ていると、世間の動きに不平不満を抱く。なんと不可解なあくどい事件の多きことよ。とりわけ政府のやり方などには憤りさえ抱く。こんなに無責任で、いい加減な政府があったろうか。平気でうそをつく政府があったろうか。だが、集中力と粘りがなくなった私はかなりの部分いい加減になり、もうどうでも良くなって諦念の気分が蔓延している。これが奴らの狙いだとわかっていても。

もちろん、どうでも良くなったとはいえ、投げやりに自己否定に生きるのではなく、日々自身の生の営みにコツコツとシコシコと生きていこうと思っている。なるべく他者への感謝の念を忘れずに、ニコニコと笑顔を絶やさず生活していこうと思っている。「好々爺」の生の始まりだ。

最後になるが、三恵社の木全哲也社長には今回もお世話になった。厚くお礼する。

2019年12月吉日

萩野脩二

『TianLiang シリーズ』

私の『畢生独語』を、『TianLiangシリーズ』No.19として出す。このシリーズは三恵社から出ているので、購入は三恵社に連絡してほしい。

なお、No.1からNo.5まではCDであり、No.6からNo.18までは本である。

No.1『中国西北部の旅』	中屋信彦著
No.2『オオカミの話』	池莉、劉思著、奥村佳代子訳
No.3『へめへめ日記』	牧野格子著
No.4『池莉：作品の紹介』	武本慶一、君澤敦子、児玉美知子 氷野善寛、劉燕共著
No.5『林方の中国語Eメール』	四方美智子著・朗読
No.6『上海借家生活顛末』	児玉美知子著
No.7『沈従文と家族たちの手紙』	沈従文等著、山田多佳子訳・解説 荻野脩二監修
No.8『藍天の中国・香港・台湾　映画散策』	瀬邊啓子著
No.9『探花囈語』	荻野脩二著
No.10『交流絮語』	荻野脩二著
No.11『古稀贅語』	荻野脩二著
No.12『蘇生雅語』	荻野脩二著
No.13『平生低語』	荻野脩二著
No.14『遊生放語』	荻野脩二著
No.15『幸生凡語』	荻野脩二著
No.16『回生晏語』	荻野脩二著
No.17『終生病語』	荻野脩二著
No.18『再生微語』	荻野脩二著

〈著者紹介〉

萩野　脩二（はぎの　しゅうじ）

1941年4月、東京都生まれ。70年3月、京都大学大学院博士課程単位習得退学。

1970年4月, 奈良女子大学文学部附属中学高校教諭。1975年4月, 京都産業大学外国語学部講師、助教授。1986年4月, 三重大学教授。1991年4月, 関西大学文学部教授。2012年4月, 関西大学名誉教授。専攻:中国近代・現代文学。

主著に、『中国〝新時期文学”論考』(関西大学出版部、95年)、『増訂　中国文学の改革開放』(朋友書店、03年)、『謝冰心の研究』(朋友書店、09年)、『中国現代文学論考』(関西大学出版部、10年)

『探花囈語』(三恵社、09年)、『交流絮語』(三恵社、11年)、『古稀贅語』(三恵社、12年)、『蘇生雅語』(三恵社、13年)、『平生低語』(三恵社、14年)、『遊生放語』(三恵社、15年)、『幸生凡語』(三恵社、16年)、『回生晏語』(三恵社、17年)、『終生病語』(三恵社、18年)『再生微語』(三恵社、19年)など。

共編著に、『中国文学最新事情』(サイマル出版会、87年)、『原典中国現代史第5巻　思想・文学』(岩波書店、94年)、『天涼』第1巻～第10巻(三恵社、01年～07年)など。

共訳に、『閑適のうた』(中公新書、90年)、『消された国家主席 劉少奇』(NHK出版、02年)、『家族への手紙』(関西大学出版部、08年)、『沈従文の家族との手紙』(三恵社、10年)、『追憶の文化大革命――咸寧五七幹部学校の文化人』上下(朋友書店、13年、電子ブック=ボイジャー、14年)、『羅山条約――悪ガキたちが見た文化大革命』上下(朋友書店、17年)など。

畢生独語

2020年1月25日　初版発行

著　者　　萩野　脩二

定価(本体価格2,000円+税)

発行所　株式会社　三恵社
〒462-0056 愛知県名古屋市北区中丸町2-24-1
TEL 052 (915) 5211
FAX 052 (915) 5019
URL http://www.sankeisha.com

乱丁・落丁の場合はお取替えいたします。

ISBN978-4-86693-177-7 C3098 ¥2000E

仲　俊二郎

1941年生まれ。大阪市立大学（現大阪公立大学）経済学部卒業後、川崎重工業に入社。長年プラント輸出に従事。営業のプロジェクトマネジャーとして、二十世紀最後のビッグプロジェクトといわれるドーバー海峡の海底トンネル掘削機を受注し、成功させる。後年、米国系化学会社ハーキュリーズジャパンへ転職。ジャパン代表取締役となり、退社後、星光ＰＭＣ監査役を歴任。主な著書に、『そうか、そんな生き方もあったのか』『竜馬が惚れた男』『凜として』『この国は俺が守る』『我れ百倍働けど悔いなし』『大正製薬上原正吉とその妻小枝』『サムライ会計士』（以上、栄光出版社）、『ドーバー海峡の朝霧』（ビジネス社）、ビジネス書『総外資時代キャリアパスの作り方』（光文社）、『アメリカ経営56のパワーシステム』（かんき出版）などがある。

ドーバー海峡トンネルを掘れ
—二十世紀最後のビッグプロジェクトに挑んだ日本人たち—

２０２２年10月20日　初版発行
２０２２年11月５日　第二刷発行

著者　仲　俊二郎
発行者　鈴木　克也
発行所　エコハ出版
神奈川県鎌倉市浄明寺４―18―11
Ｔｅｌ　０４６７―２４―２７３８
Ｆａｘ　０４６７―２４―２７３８
発売所　株式会社三恵社
愛知県名古屋市北区中丸町２―24―１
Ｔｅｌ　０５２―９１５―５２１１
Ｆａｘ　０５２―９１５―５０１９
web. https: //www.sankeisha.com

ISBN 978-4-86693-692-5 C0093